Jürgen Dittberner

Klima, Corona, Krieg: Ein Epochewandel
„Die (Der?) Nächste bitte!" – Von Merkel zu Scholz

Jürgen Dittberner

KLIMA, CORONA, KRIEG: EIN EPOCHEWANDEL

„Die (Der?) Nächste bitte!" – Von Merkel zu Scholz

Edition Noëma

Bibliografische Information der Deutschen Nationalbibliothek
Die Deutsche Nationalbibliothek verzeichnet diese Publikation in der
Deutschen Nationalbibliografie; detaillierte bibliografische Daten sind im
Internet über http://dnb.d-nb.de abrufbar.

Bibliographic information published by the Deutsche Nationalbibliothek
Die Deutsche Nationalbibliothek lists this publication in the Deutsche Nationalbibliografie; detailed
bibliographic data are available in the Internet at http://dnb.d-nb.de.

Coverabbildungen: ID 245030122 © Gints Ivuskans | Dreamstime.com
ID 227588863 © Klaus Feurich | Dreamstime.com
Pixabay | © MiRUTH_de

ISBN-13: 978-3-8382-1752-9
Edition Noëma
© *ibidem*-Verlag, Stuttgart 2022
Alle Rechte vorbehalten

Das Werk einschließlich aller seiner Teile ist urheberrechtlich geschützt. Jede
Verwertung außerhalb der engen Grenzen des Urheberrechtsgesetzes ist ohne
Zustimmung des Verlages unzulässig und strafbar. Dies gilt insbesondere für
Vervielfältigungen, Übersetzungen, Mikroverfilmungen und elektronische
Speicherformen sowie die Einspeicherung und Verarbeitung in elektronischen
Systemen.

All rights reserved. No part of this publication may be reproduced, stored in or introduced into a
retrieval system, or transmitted, in any form, or by any means (electronic, mechanical, photocopying,
recording or otherwise) without the prior written permission of the publisher. Any person who does any
unauthorized act in relation to this publication may be liable to criminal prosecution and civil claims for
damages.

Printed in the EU

Inhalt

Vorwort 9

I. Herrschaftsformen 11
Demokratie 13
Demokratie lebt vom Wechsel 16
Gerechte Wahlen in Deutschland? 18
Bringt der Diskurs Demokratie und führt Populismus zur Diktatur? 20
Veränderungen der Welt 23
Die klassischen Herrschaftsformen 26
Neue Herrschaftsformen 28
    Clanherrschaft 28
    Religiös verbrämte Terrorherrschaft 29
    Debattenherrschaft 30

II. Probleme bei den Abgängen 33
Warum Mächtigen der Abgang oft schwerfällt 35
Bekannte Schwierigkeiten mit dem Abgang bei Adenauer, Kohl und Schröder 36
    Konrad Adenauer 37
    Helmut Kohl 37
    Gerhard Schröder 37
Extern bewirkte Wechsel: Erhard, Kiesinger, Brandt, Schmidt 38
    Ludwig Erhard 38
    Kurt Georg Kiesinger 38
    Willy Brandt 39
    Helmut Schmidt 40
Bewerber 41
Nachfolgerreservoir 41

USA: Auch sie alle mussten gehen: Carter, Reagan,
die Bushs, Clinton, Obama, Trump 43
    Jimmy Carter.. 43
    Ronald Reagan 44
    George Bush sen. 44
    Bill Clinton 45
    George W. Bush.. 45
    Barack Obama.. 46
    Donald Trump 47

III. Merkel geht **49**
Bleibt sie denn ewig?... 51
Der langsame Abschied 52

IV. Scholz kommt **55**
Die Kampagne 2021 in Deutschland... 57
    Entschuldigung... 57
    Hosianna – kreuzigt sie 58
    Der Countdown.. 61
    Anne Will 62
    Aspiranten 63
    Kanzlerkandidaten 2021... 64
    Kampagnenbeginn 66
    Sachsen-Anhalt... 68
    Grünen-Parteitag.. 70
    Vorwahlkampf... 72
    Laschet grinst 73
    Straßenwahlkampf 74
    Neues Spiel 76
    SPD vorn: Kandidatenwechsel bei der Union? 78
    TV-Triell... 79
    Merkel – Scholz/Laschet – Merz 81

    Das Wahlergebnis 82
        Im Bund 82
        In Berlin und Mecklenburg-Vorpommern 84
    Verhandlungen 91

V. **Die Ampel 107**
    Keine Schonfrist für die Ampel.. 109
    Mit- und Gegenspieler 115
        Fridays for Future 115
        Energie 116
        Automobilindustrie 118
        NGOs 120
        Beauftragte und Ämter 122
        Die Welt 123
        Die Neue Soziale Frage 126
    „Neue" Themen 128
        Klima 128
        Feminismus 129
        Rassismus 131
        Menschenrechte 133
        Geschlechtervielfalt 135
        Rauschgift 137

VI. **Parteien 139**
    Neuformierung der Union 141
    Die SPD erfindet sich neu 147
    Stühlerücken selbst bei den „Kleinen" 148
    Wandel der Parteien 150
        CDU/CSU („Union") 151
        SPD 153
        AfD 155
        Grüne 157
        FDP 160

VII. Corona 163
    Die erste Krise 165
        Corona im Wahlkampf 166
        Holprige Coronapolitik der Ampel 168
        Zentralismus oder Föderalismus? 169

VIII. Ukraine-Krieg 173
    Russland 175
    Ukraine 2007 177
    Der Angriff 183
    Sanktionen 185
    Flüchtlinge 187
    Vermittlungsversuche 188

IX. Ein Epochewandel? 193

Nachwort: Nun auch noch Inflation 201

Vorwort

In dieser Schrift wird gezeigt, wie unterschiedliche werteformende Kräfte auf Politik wirken.

Einerseits vollzieht sich in Deutschland ein politischer Wechsel. Nach sechzehn Jahren an der Macht gibt eine Kanzlerin auf und überlässt anderen das Feld. Der folgende Wechsel gerät umfassender, als es die Abtretende wohl geahnt hat: Es treten nicht nur neue Personen auf, sondern auch die Einführung eines ganz neuen Wertekanons wird angekündigt. Statt des Bruttosozialproduktes soll das Klima im Mittelpunkt öffentlichen Tuns stehen, und mit dem Klima setzen die Neuen gleich weitere Ziele wie Feminismus und Antirassismus auf die Agenda.

Andererseits werden alle Absichten der Neuen – kaum dass sie ihre Amtsgeschäfte aufgenommen haben – drastisch konterkariert. Nach über siebzig Jahren weitgehenden Friedens in Europa bricht ein großer Krieg mit der Beteiligung mehrerer Staaten aus. Andere Themen als die eigentlich favorisierten drängen nach vorn und verjagen die Absichten der Neuen. Die Themen heißen nun Tod, Flucht, atomare Kriegsführung, Energiesicherheit, Waffen und Sanktionen.

Der Personenwechsel in der Bundesregierung ist vollzogen: „Der Nächste, bitte!" ist im Amt. Der wollte aufsteigen in die herrlichsten Regionen der Menschheit. Doch er bleibt am Boden kleben. Eine hässliche Realität zwingt zu ganz anderem, zwingt zu Zielen, welche selbst die Vorgänger für überwunden, weil veraltet, hielten.

Ist das noch Demokratie, wenn weder das Volk noch die „Herrschenden", sondern die Ereignisse bestimmen? Sind Wahlen für die Katz, weil sie eben nicht die Wirklichkeit hervorgebracht haben? Täuschen sich Amtsinhaber überall auf der Welt, wenn sie meinen, sie mitsamt ihren Abgängen seien wichtig? Täuschen sich die möglichen Nachfolger, weil es auf sie häufig gar nicht ankommt?

Die Demokratie bekommt Konkurrenz. Neue Herrschaftsformen tauchen auf und erwecken den Anschein, sie seien effizient. Doch sind sie es?

Alle starren beim Wahlkampf auf eine Kampagne. Das Verhalten der sich bedeutsam gebenden Spieler wird genau beschrieben, doch wenige denken darüber nach, ob das überhaupt relevant ist. Kommt schließlich ein Wechsel, dann heißt es: „Der Nächste, bitte!" Eben noch Kämpfende kommen in Amt und Würden. Sie raufen sich zusammen, diese Sozialen, Ökologischen und Liberalen. Viele Innovationen aus dem, was „Zivilgesellschaft" genannt wird, werden aufgegriffen und zum Regierungsprogramm promoviert.

Doch plötzlich ist alles Makulatur. Das Land steht blank da: Unklarheit bei der Energie, weniger Sicherheit, schlechte Beziehungen zu einstigen Verbündeten, dafür scheinbar immer besser werdende zu einstigen Gegnern und Unverständnis für eine aufstrebende Weltmacht in Fernen Osten. Dadurch stehen die gestern Hochgelobten und nun Abgelösten da und müssen erkennen, dass sie vieles verhökert und das Land fast ruiniert haben.

Kann man so etwas analysieren? Das ist schwer möglich: Man kann es aber erahnen und das Erahnte beschreiben, so gut es geht. Immerhin. So ist dieses Buch mindestens eine erste Anmerkung zu einem gewaltigen Umbruch, einem beabsichtigten Paradigmenwechsel auf der einen und erzwungener Einsicht in die Realität auf der anderen Seite. Es ist eine Deskription eines politischen Epochewandels.

Darüber wird noch viel geforscht und Kluges gesagt werden. Wann die Geschichte ein Urteil fällen wird, ist offen.

Meiner lieben Frau Elke Dittberner danke ich für die wertvolle Hilfe. Auch dem **ibidem**-Verlag gilt mein Dank.

Berlin, Sommer 2022, Jürgen Dittberner

I.
Herrschaftsformen

Demokratie

Wenn die Bürger eines Gemeinwesens an dessen Machtausübung beteiligt werden, nennt man das „Demokratie". Demokratie ist nicht nur die Entscheidung durch Mehrheit, sie ist auch Freiheit und Toleranz der Minderheiten, Vielfalt, Recht auf Irrtum, zielgerichtete Debatte, Rechtsstaatlichkeit, Macht nur auf Zeit. Sie ist Bewegung und permanente Veränderung.

Es gibt viele Arten der Demokratie: von der Teilnahme aller an sämtlichen Entscheidungsprozessen (*„plebiszitäre Demokratie"*) bis zur gezielten Beteiligung auserwählter Gruppen an Einzelentscheidungen (*„gezielte Demokratie"*).

Mittlerweile wird in vielen Gegenden der Welt eine gesetzlich geregelte *repräsentative Demokratie* praktiziert. Diese Spielarten der Demokratie sind *Idealtypen*, zwischen denen es in der Realität viele Zwischenformen geben kann.

Die Bürger – das „Volk" – können sich bei der Beteiligung am Gemeinwesen organisieren und Initiativen, Parteien oder Verbände bilden. Sie können aber auch unorganisiert bleiben. Die Machthaber mögen politische Ziele vorgeben („Führung") und auf Mehrheiten hoffen. Sie können ebenso beobachten, ob und welche Ziele sich beim Volke herausbilden („Nachverfolgen") und sich diese zu eigen machen, wenn sie erkennbar werden. Als Vermittler treten Medien – zunehmend auch im Internet – auf.

Klassischerweise ist es Aufgabe der politischen Institutionen, gesamtgesellschaftlich relevante Zielsetzungen zu entwickeln und diese dem „Volk" vorzulegen, das entscheidet. Die Zielsetzungen ergeben sich dabei aus den grundsätzlichen Werthaltungen der politischen Institutionen. Diese sind üblicherweise politische Parteien, auch Gewerkschaften, Verbände oder Initiativen. Bekannte Werthaltungen sind Konservativismus, Sozialismus, Liberalismus, Kommunismus oder

Faschismus. In Deutschland gelten „konservativ", „sozial" und „liberal" als demokratieverträglich. Über die diversen Zielvorstellungen kann es zu Debatten kommen, deren Ergebnis und Abschluss „Konsens" genannt werden. Ort der Debatten ist zuvörderst das Parlament (*„Legislative"*). Die Regierung (*„Exekutive"*) setzt einen gefundenen Konsens um.

Das Prinzip der demokratischen Führung herrschte in Deutschland bis ins neue Jahrtausend vor. Danach setzte sich – möglich geworden unter anderem durch die Demoskopie – eine „nachfolgende" Demokratie durch, die einen sich losgelöst von der Politik herausgebildeten Konsens aufspürt und diesen exekutiert. Das war der Arbeitsstil Angela Merkels.

Alle Spielarten der Demokratie sind vom Wunsch nach Rationalität beherrscht, zugleich vom Streben einiger, unbedingt die Macht in Händen zu haben. Wenn dabei um der Macht willen Tabugrenzen überschritten werden, die Macht höher bewertet wird als die Inhalte der Politik, nennt man das *„Populismus"*. Vom Populismus ist es in der Praxis oft ein kleiner Schritt hin zur „Anti-Demokratie": zur *„Diktatur"*.

Der Niedergang der Weimarer Republik und ihr Hineinrutschen in den Nationalsozialismus haben gezeigt, dass ein demokratieverträgliches System sich zu einer mörderischen und intoleranten Diktatur entwickeln kann. Der Sturm in den Kongress der USA im Jahre 2021 hat gezeigt, dass selbst eine seriöse, ausgeklügelte repräsentative Demokratie in Populismus umschlagen kann. Dieser Sturm in den Kongress war ein nationaler Tabubruch.

Ein demokratieverträgliches System fällt nicht vom Himmel; oft dauert es Jahrhunderte, bis es entsteht. Charismatische Machtausübung, traditionale Verfestigungen, klerikale Ansprüche und klassenbedingte Formationen mussten erst oft durchlebt werden, bevor rational-demokratische Herrschaftsformen entstanden. Dann wurden auch nur scheinbar demokratieverträgliche Systeme so beliebt, dass

Diktaturen sich gern mit ihnen tarnten: Vor ihren Unterdrückungsapparaten errichten sie gern demokratische Fassaden.

Rationale repräsentative politische Systeme sind stets gefährdet. Sie können Populisten zum Opfer fallen, wegen ihrer Komplexität das Publikum ermüden, von gutwilligen, aber unfähigen Politikern verspielt oder kalkulativ missbraucht werden. Um derartiges zu verhindern, wurde das Konzept der *„wehrhaften Demokratie"* erfunden. Das ist gefährlich, denn dieses Konzept scheut keine Gegengifte und schafft somit manchmal herbei, was es eigentlich verhindern sollte.

Ein Indikator der Demokratie ist der Wechsel. Gibt es den überhaupt? Ist er erwünscht? Ist er institutionell festgeschrieben? Schwächt oder stabilisiert er das System? Wie hält er die jeweiligen „Verlierer" bei der Stange? Es gibt Beobachter, für welche die Fähigkeit eines Systems zum reibungslosen Wechsel ein Indikator der Reife ist.

Aber was ist mit den Menschen? Müssen die es ertragen, wenn sie von heute auf morgen aus hohen Machtpositionen in politische Bedeutungslosigkeit abstürzen? Gibt es Auffangmechanismen? Können sie den Stab weiterreichen, wenn Nachfolgende politische Gegner sind? Was ist, wenn ein Intimrivale, der ein Leben lang bekämpft wurde, plötzlich gewinnt? Und ist es überhaupt möglich, aus freien Stücken loszulassen, was oft als „Lebenswerk" empfunden wird?

Und die „Beherrschten" – das Volk: Kann es tolerieren, wenn der Wind plötzlich aus einer anderen Richtung weht? Wenn diejenigen das Sagen bekommen, die eben noch verspottet oder für unfähig deklariert wurden? Kann es stillhalten, wenn sich ein System in eine andere Richtung bewegt? Unterscheidet es zwischen argumentativer und gewaltsamer Opposition?

Demokratie verlangt Empathie, Beherrschung und Vernunft von allen beteiligten Menschen. Sie ist kein Zustand, sondern ein Prozess – nicht statisch, sondern dynamisch. Und so mühsam ihre Geburt war, so gefährdet ist ihr Leben.

Demokratie ist ein fortlaufendes Experiment, und Alternativen wird es immer geben.

Es ist möglich, dass plötzlich Entwicklungen eintreten, mit denen gestern noch niemand gerechnet hat. Jeder argumentative Konsens kann durch unvorhersehbare Fakten konterkariert werden. Gerade in solchen Situationen kann sich die Demokratie als stark erweisen, wenn ein Konsens zu einem Fernziel wird, das erst einmal in den Hintergrund rücken muss.

Anscheinend hat es diese Situation 2022 in Deutschland und Europa gegeben.

Demokratie lebt vom Wechsel

Angela Merkel hatte vor der Bundestagswahl 2021 angekündigt, dass sie nach sechzehn Jahren Kanzlerschaft nicht mehr antreten wolle. Folglich wurde Armin Laschet – damals Ministerpräsident von Nordrhein-Westfalen – Kanzlerkandidat der Union.

Das war die Lage: Demokratie ist Entscheidung durch Mehrheit. Jedes Mitglied eines Gemeinwesens kann frei votieren und hat eine Stimme. Alle Stimmen sind gleich. Die Mehrheit siegt, aber die Minderheit bleibt politisch aktiv und hat die Chance, eines Tages Mehrheit zu werden. Keine Entscheidung ist endgültig. Erst wenn ein Regierungssystem mit einem eben noch anerkannten politischen Kurs einen Personen- und Sachwechsel verwirklicht hat, ist es tatsächlich eine Demokratie. Insofern war der erste Machtwechsel in der Bundesrepublik Deutschland von der CDU/CSU als stärkster Partei zur SPD der Beweis, dass die Bundesrepublik eine Demokratie ist.

Auch das ist klar: Demokratie ist Freiheit. Wer sich an die Gesetze hält, genießt den Schutz des Gemeinwesens, sei das Handeln oder die Person noch so abnorm.

Demokratie zwingt niemanden zur Teilnahme an der allgemeinen Öffentlichkeit. Das Recht auf Privatheit besteht.

Weiterhin: Demokratie vollzieht sich diskursiv und argumentativ. Gewalt ist grundsätzlich ausgeschlossen.

Demokratie ist vor allem Wechsel. Die Macht und die vorherrschende Meinung müssen auswechselbar sein. Ein Regierungssystem ist erst demokratisch, wenn es offen ist: offen für neue Personen und neue Themen. Herrschende sollen sich nicht festsetzen. Angela Merkel war die erste Spitzenpolitikerin in der Bundesrepublik Deutschland, die einen Wechsel vor einer Wahl von sich aus ankündigte.

Um den Wechsel generell zu ermöglichen, finden regelmäßig und in definierten Zeiträumen Wahlen oder Abstimmungen statt. In einigen Demokratien sind die möglichen Wahlperioden für Herrschende begrenzt: Ein Präsident der Vereinigten Staaten von Amerika kann nur einmal wiedergewählt werden.

Der Wechsel bietet den Nichtmächtigen – politisch formuliert: der Opposition – die Chance, das Heft in die Hand zu bekommen und erhält deren Interesse an einer Partizipation – trotz aktueller Machtlosigkeit. Der Wechsel ist schließlich die Basis für sozialen Wandel und ermöglicht Krisenbewältigung. Demokratischer Wechsel schafft so dynamische Stabilität. Krisen können durch Innovation überwunden werden. Insofern ging die Bundesrepublik in die Jahre 2021 und 2022 innerlich gefestigt hinein.

Was aber ist, wenn zusätzlich externe Rahmenbedingungen einen Wechsel im politischen System erfordern? Was geschieht, wenn die Welt von heute auf morgen eine andere wird?

Der Start der „Ampel", die auf eine gegen die weltweite Pandemie kämpfende Merkel-Regierung folgte, und der fast gleichzeitige Ausbruch des Ukraine-Krieges im Februar 2022 trafen die Bundesrepublik Deutschland zum ersten Mal massiv von außen her. Veränderte das die inneren politischen Ziele der „Ampel", oder bleiben diese im Hintergrund bestehen?

Gerechte Wahlen in Deutschland?

2017 war in der Bundesrepublik Deutschland ein Wahljahr. Nach der Verfassung sollten die Abgeordneten des Bundestages gewählt werden. Die politischen Parteien warben wie immer um Wählerstimmen. Dazu stellten sie in den Bundesländern „Landeslisten" auf und nominierten zusätzlich Wahlkreiskandidaten. Es galt eigentlich die „Verhältniswahl": Gezählt wurden zuerst die Wählerstimmen für die Listen, wobei Parteien und nicht Länder addiert wurden. Die 100 Prozent der Parlamentssitze wurden nach der numerischen Stärke der einzelnen Parteien verteilt. Die Listen brachten die „Erststimmen" und bestimmten die Stärkeverhältnisse. Anschließend wurden Wahlkreismandate vergeben, die auf den „Zweitstimmen" der Wähler beruhten.

Die „Zweitstimmen" gaukelten eine „Mehrheitswahl" vor, die in Wirklichkeit keine war, denn die Erststimmen gaben die Sitzverteilung vor.

Die Deutschen lieben die Gerechtigkeit, auch politische Gerechtigkeit. Also bemühen sie sich, im Parlament die Stärken der politischen Parteien geradezu statistisch widerzuspiegeln.

Doch dann wird geflunkert:

- Mit den Zweitstimmen wird vorgegaukelt, auch Elemente der Mehrheitswahl würden praktiziert. Schon Konrad Adenauer nutzte diesen Winkelzug, denn er empfahl Bürgern, die nicht so ganz zufrieden mit seiner Partei waren, mit der Zweitstimme eben eine andere zu wählen. Das rheinische Schlitzohr kannte sich aus.

Anderswo gibt es richtige Mehrheitswahlen. Klassisch geschieht das nach der Parole „The Winner takes it all." Der Kandidat mit den meisten Stimmen ist gewählt, und wenn er nur 30 Prozent der Stimmen in einem Wahlkreis erlangt. Die Hauptsache ist, die anderen Bewerber haben weniger Stimmen, und seien es auch 29 Prozent: „The Winner takes it all." Dieses System soll politische Stabilität herstellen, was vielen offensichtlich wichtiger ist als deutsche Gerechtigkeit. Doch Minderheiten können bei dem Wunsch nach Stabilität auf der Strecke bleiben.

- Das deutsche Wahlrecht jedoch ist in anderer Weise unrein: Zwar steht die politische Gerechtigkeit in der Theorie hoch im Kurs, aber zu winzig darf der Anhang einer Partei in der Praxis nicht sein. Die Sperrgrenze schließt kleine Parteien aus, angeblich, weil sie extrem sind und das Ganze gefährden könnten.
- Außerdem ist die Gerechtigkeit hierzulande nicht so operationalisiert, dass sie auch desinteressierte Bürger berücksichtigen würde. Der stetig wachsende Anteil der „Partei der Nichtwähler" wird ignoriert und zur Beute der politischen Parteien. Diese sacken mehr Mandate ein, als ihnen nach der jeweiligen Wählerzahl zustehen würden und freuen sich nach jeder Wahl über die von den Nichtwählern unbeabsichtigt gewährten zusätzlichen Pfründe: Gerechtigkeit hin, Gerechtigkeit her!
- Gipfel der Täuschung ist, dass in Wahrheit gar nicht Abgeordnete gewählt werden, sondern der Regierungschef – oder die Chefin eben. „Auf den Kanzler kommt es an!" Die Parteien stellen primär nicht Listen und Wahlkreiskandidaten auf, sondern „Kanzlerkandidaten".

Das deutsche Bundestagswahlsystem ist eine Täuschung.

1. In den USA dagegen sind die Wahlen zum Kongress und zum Präsidenten getrennt. Das Staatsoberhaupt des Bundes wird in den Mitgliedsstaaten gewählt. Dort gilt ebenfalls das Prinzip „The Winner takes it all." Jeder Staat muss sich separat für eine Kandidatin oder einen Kandidaten entscheiden. Dieser oder diesem fallen alle „Wahlmänner"-Stimmen des jeweiligen Staates zu. Die Stimmenzahl der Bundesstaaten ist festgelegt.

Wochen nach der Präsidentenwahl treten alle „Wahlmänner" zusammen und wählen das Staatsoberhaupt. Aber für die „Wahlmänner" gibt es kein imperatives Mandat, so dass sie bis zum Ende der Wahlprozedur erhebliche und von der Verfassung nicht gedeckte Macht akkumulieren können.

2. Die Abhängigkeit der zum Staatsoberhaupt gewählten Person von den Bundesstaaten und ihren Gesetzgebungsverfahren ist auch im Wahlrecht groß, so dass sich das berühmte und verfassungsgemäße „Checks and Balances" zwischen den Verfassungsorganen Präsident und Kongress mit seinen Senatoren und Abgeordneten faktisch zwischen dem Staatsoberhaupt und den Bundesstaaten mit ihren Parlamenten und Verwaltungen wiederholt – diesmal allerdings von der Verfassung nicht gewollt.

So wird die Demokratie in den USA zu einem verzwickten Konstrukt mit erheblichem Geben und Nehmen – zu einem Geschacher zwischen unterschiedlichen staatlichen Institutionen.

Hinzu kommt, dass die Kampagnen der Bewerber erhebliche Geldsummen verschlingen. Diese können nur wenige aufbringen. Nicht jede amerikanische Bürgerin und nicht jeder Bürger dort haben die Chance, ein Wahlamt zu erobern – und schon gar nicht das Präsidentenamt.

Bringt der Diskurs Demokratie, und führt Populismus zur Diktatur?

Demokratie braucht – wie gesagt – nicht nur Mehrheiten, sondern auch Minderheiten.

Die Mehrheit entscheidet bei Wahlen zwar, an wen zu einem bestimmten Zeitpunkt die Herrschaft geht. Aber die Minderheiten behalten ihre Rechte. Sie müssen die Chance haben, selbst einmal die

Mehrheit zu stellen, und dafür dürfen und sollen sie kämpfen. Jede Mehrheitsentscheidung ist eine Art These, zu der es mindestens eine Gegenthese der Opposition gibt.

Jede Entscheidung wird nach einem Diskurs getroffen. Der Ort des Diskurses ist das Parlament.

So soll es sein.

Wenn die Mehrheit Minderheiten nicht zulässt und ihre Macht zementieren und festhalten will, entwickelt sich die Demokratie zur Diktatur. Die Diktatur ist die hässliche Schwester der Demokratie. Ihre Methoden sind nicht Diskurs und Debatte, sondern Übertölpelung, Befehl, Einschüchterung, Angst. Diktatur unterhält Parlamente oft nur als Attrappen. Sie herrscht mit Propaganda, Polizei, Geheimdiensten, Waffen, Willkür und Gefängnissen. Ihre Entscheidungen werden als verbindlich hingestellt; Gegenthesen werden nicht zugelassen.

Demokratie kann sich allmählich in Diktatur umwandeln: Minderheiten werden diffamiert, Justiz und Polizei verfahren willkürlich – immer weniger nach Recht und Gesetz. Angst wird geschürt. Das alles muss anfänglich nicht durchgehend erfolgen, sondern erst hier, dann da – schließlich aber doch überall. Zu Beginn geschieht das im Namen der Demokratie, dann aus „gesundem Volksempfinden" heraus und am Ende nur noch im Interesse jener Clique, welche die Macht an sich gerissen hat.

Spätestens seit der Wahl von Donald Trump zum 45. Präsidenten der USA war zu hören, der „Populismus" könne auf diese Weise die Demokratie aushöhlen. Dazu wird auch verwiesen auf Jörg Haider und die „_FPÖ_" in Österreich, auf Viktor Orbán von der Partei „_Fidesz – Ungarischer Bürgerbund_" in Ungarn, auf die Le Pens und den „_Front National_" in Frankreich, auf Geert Wilders und die „_Partij voor de Vrijheid_" in den Niederlanden, auf Nigel Farage von der EU-Fraktion „_Europa der Freiheit und der Demokratie_" oder auf Bernd Lucke und Alice Weidel samt ihrer Erben in der „_AfD_" in Deutschland. All diesen Politikern und Parteien ist zu eigen, dass sie sich dem Druck zur

„Political Correctness" verweigern, dass sie die Zuwanderung von Ausländern, besonders Moslems, kritisieren, dass sie die Sprache „der Straße" oder die des angeblich „kleinen Mannes" benutzen, dass sie ohne die elaborierten Formulierungen der etablierten Politik auskommen und dass sie mit all dem Wählerstimmen gewinnen. Sie wahren die demokratische Form, postulieren aber extreme Programme. Neu ist das Auftreten solcher Politiker nicht, denn schon Adolf Hitler und sein Anhang waren einst „legal" – also formal „demokratisch" – an die Macht gekommen.

Der Populismus offenbart eine Schwäche der Demokratie. Vielfach wird für die Demokratie ins Feld geführt, dass die Mehrheit im Recht sei. Es wird postuliert, dass diese deswegen „gut" sein müsse. Zweifel daran sind allerdings eine Grundlage des Parlamentarismus. Sie sind die Legitimation für Opposition. Der Parlamentarismus soll sicherstellen, dass die Politik durch den Diskurs der freien Abgeordneten auf Zeit mit Hilfe der Administration zu aktuell vernünftig erscheinenden Ergebnissen kommt. Funktionierender Parlamentarismus ist die Sicherung der Demokratie. Wird diese Sicherung abgeschaltet – etwa durch Drangsalierung oder Demagogie –, implodiert die Demokratie. Wer sich hierbei zu schaffen macht, rührt – wenn auch gelegentlich unabsichtlich – am Grundprinzip der Demokratie. So etwas gefährdet die Freiheit.

Auch die vielfältigen Forderungen nach einer „plebiszitären Demokratie" sind genau auf ihre Demokratietauglichkeit hin zu überprüfen:

- Zwar: Plebiszitäre Elemente als Ergänzung des parlamentarischen Systems können dieses durchaus stärken.
- Aber: Durchgehende und bestimmende plebiszitäre Herrschaft birgt Risiken, denn „Volkes Stimme" ist manipulierbar und nicht automatisch zugleich „Volkes Wohl". Die parlamentarische Oberhoheit muss erhalten bleiben.

Populismus liebt Vereinfachung: Zusammenhänge werden so erklärt, dass möglichst viele Menschen „ja" sagen. Das ist zweischneidig, denn Fakten der modernen Welt sind oft kompliziert, und ihre Zusammenhänge diffizil. Wer das Zeug hat, derartige Zusammenhänge zu entwirren, hat den Beruf zum Politiker. Wer dabei auch Alternativen herausarbeitet, ist Demokrat oder Demokratin.

Wer Kompliziertes einfach erklären kann, ist zum Politiker geboren. Wer aber Zusammenhänge zu erklären vorgibt und dabei bei der Öffentlichkeit buhlt, indem er Einzelheiten ausblendet, ist eben kein Demokrat, sondern Populist oder Populistin.

Es ist demagogischer Populismus, der die parlamentarische Demokratie gefährdet. Die Versuchung, postfaktisch zu verfahren, entsteht oft. Postfaktischer Populismus ist ein immanentes Moment der Demokratie. Dann heißt es: „Hätten wir damals ..." Echter parlamentarischer Diskurs kann solches entlarven, indem er auf einstige Zusammenhänge – vernünftigerweise vermutete oder tatsächliche – hinweist. So wird Populismus wieder zurück auf den Weg zur allgemeinen Demokratie geführt.

Diese bleibt – gerade angesichts ständiger Veränderungen – der sicherste Weg zum Wohl eines Volkes.

Veränderungen der Welt

Was sind die Veränderungen der Welt im 21. Jahrhundert?

Der globale Gegensatz zwischen Ost und West ist durch den Sieg des Westens aufgehoben. Statt des Dualismus zwischen den Ideologien des Kapitalismus und Sozialismus beherrschen andere Kategorien die Welt:

Eine ehemalige Weltmacht – Russland – hängt alten Zeiten nach und ist daher noch immer gefährlich. In der Hauptstadt Moskau stehen prachtvolle Gebäude; es gibt breite Alleen, eindrucksvolle U-Bahnstationen. Die armen Menschen, die sich dort bewegen und die alt gewordenen stolzen Krieger von einst sehen: „Das ist noch immer die Metropole einer Weltmacht, deren Bürger ihr seid! Und wenn ein amerikanischer Präsident geringschätzig von uns spricht, so stachelt uns das nur an." Und diese ehemalige Weltmacht vermag die Welt in Angst und Schrecken zu versetzen; sie zögert auch nicht, die Welt und Europa in einen Krieg zu ziehen, wo doch viele schon vom ewigen Frieden träumten.

Ansonsten gibt es arme und reiche Regionen auf der Erde. Während in einem Teil der Welt die Geburtenrate hoch ist und die Bevölkerung sich rapide vermehrt, steigt das durchschnittliche Lebensalter anderswo, und die Geburtenrate sinkt. Arm und Reich, Jung und Alt, viele und wenige – das sind die großen globalen Antagonismen.

Der Antagonismus zwischen Arm und Reich löst sich nicht auf, weil der ältere und reichere Teil der Weltbevölkerung die industrielle Produktion sowie die Organisation von Dienstleistungen beherrscht, der ärmere und jüngere aber nicht. Die Reichen dieser Welt leben trotz Krieg in Europa auf Kosten der Armen. Effektive Zivilisations- und Kulturtechniken beherrschen die älteren Reichen, nicht die jüngeren Armen. Die Kluft wird tiefer: Auf der einen Seite mehrt sich trotz allem der Wohlstand, auf der anderen explodiert die Bevölkerungszahl.

Gleichwohl schrumpft der reichere Teil der Welt nicht. Er wächst vielmehr. Ein guter Teil des Bevölkerungszuwachses hier besteht aus Zuwanderungen, und der angezettelte Krieg Russlands ließ die Zahlen zusätzlich ansteigen.

Auch im Süden der Welt explodiert die Bevölkerungszahl. Zu Beginn des Jahres 2018 lebten nach Schätzungen von Experten über 7,5 Milliarden Menschen auf der Erde, und 2050 würden die Europäer nur noch fünf Prozent der Weltbevölkerung ausmachen.

Die einstigen Herren der Welt werden langfristig an den Rand gedrängt.

Eine Folge dieser Entwicklungen wird eine fortschreitende globale Völkerwanderung sein. Menschen strömen aus Gebieten, in denen weiterhin Arme und Junge leben werden, in wohlhabendere Teile der Welt.

Dadurch wird es zu politischen Umbrüchen kommen. Die Regierungen der Zielstaaten sind machtlos: Es kommt zu Konflikten.

Immer mehr eingesessene Bürger fühlen sich bedroht. Es entstehen rechtspopulistische Bewegungen und Parteien. Die etablierten Parteien und Regierungen fürchten den inneren Rechtspopulismus und geraten in Kollision mit ihrem Wertesystem.

Der Krieg, die Welt: Die einst Etablierten werden immer hilfloser:

- Um sich die Hände nicht schmutzig machen zu müssen, beauftragen die Wohlhabenden Schwellenländer, die Völkerwanderungen aufzuhalten. Dafür geben sie viel Geld aus. Hierfür aber werden die Regierungen der Wohlhabenden im Innern kritisiert.
- Oft propagandieren Regierungen den Herkunftsländern der Auswanderungswilligen, ihnen materiell und mit Know-how zu helfen. Doch damit übernehmen sie sich, und sie scheitern.
- Gelegentlich drohen die Zielländer, Auswanderer schlecht zu behandeln. Damit verstoßen sie gegen eigene altruistische Werte und kommen nicht durch.

In den Herkunftsländern aber hinterlassen Flüchtende Lücken der Kompetenzen: In der Medizin, beim Bau, in der Landwirtschaft und in der Verwaltung. Die Verarmung steigt exponentiell. Ein Teufelskreis tut sich auf.

Weder im Norden noch im Süden ist jemand in der Lage, die globale Völkerwanderung langfristig aufzuhalten. Kommt ein Krieg dazwischen, wirkt das wie eine Episode. Alle Strategien und Konzepte wirken höchstens kurzfristig. Zwanzig oder dreißig Jahre lang lassen sich die Menschen beruhigen, und dann werden die jetzt handelnden Autoritäten sowieso nicht mehr amtieren. Ob sie es wissen oder verdrängen – die heute Mächtigen handeln nach dem Prinzip „Nach uns die Sintflut!" Und die „Sintflut" wird kommen. Wenig wird bleiben, wie es ist. Der Süden strömt in den Norden, und dessen Staaten und Gemeinschaften könnten verschwinden. Eine neue Weltordnung wird wohl entstehen. Niemand kann sich diese ausmalen.

Völkerwanderungen haben schon immer die Geschichte geprägt. Weltreiche sind einst daran zerbrochen. Nebensächlich sind die Ideologien, die Finessen und Kriege dieser Mächte. Der Sturm zieht über sie hinweg, zerstört Gut und Böse und lässt Neues – wiederum Vergängliches – entstehen.

Das ist der Lauf der Welt.

Die klassischen Herrschaftsformen

Wie wird die Welt nach der Sintflut regiert werden?

Max Weber hatte einst Typen der legalen Herrschaft definiert:[1]

Am Anfang war die *charismatische Herrschaft*.

Durch charismatische Merkmale gelang es einigen Menschen, Macht über andere zu erringen, wobei diese Merkmale der Grund für die Anerkennung der Macht – die Legitimation – wurden. Die Merkmale konnten äußerlich oder innerlich sein. Kraft, Körpergröße, Hautfarbe und andere Äußerlichkeiten konnten dazu führen, dass eine Überlegenheit von Personen, die über solche Merkmale verfügten, von einer Mehrheit, die darüber nicht verfügte, anerkannt wurde. Es konnten aber auch innerliche oder kulturelle Merkmale der Überlegenheit sein. Der Vielfalt solcher Merkmale waren keine Grenzen gesetzt. Standfestigkeit, Intelligenz, Intrigenhaftigkeit oder Niedertracht und Brutalität konnten solche Merkmale sein. Häufig war es religiöse Legitimation: Wer andere Glauben machen konnte, von Gott gesandt zu

---

1   Max Weber, *Wirtschaft und Gesellschaft. Grundriss der Verstehenden Soziologie*, Studienausgabe, Köln/Berlin 1964, S. 137 ff.

sein, konnte Macht ausüben. Es war die Stunde der Propheten, die zu Priestern wurden.

Es bildete sich in Familien, in Stämmen, im Volke charismatische Legitimation heraus. Dabei konnte es zu Rivalitäten zwischen verschiedenen Charismatikern kommen. Diese konnten gewaltlos oder gewaltsam ausgetragen werden.

Aus der charismatischen ist vielfach *traditionale Herrschaft* erwachsen. Die Macht wurde über Generationen hinweg weitergegeben. Die Beherrschten glaubten an deren Rechtmäßigkeit. Starke Legitimation erfuhr die Macht durch das Gottesgnadentum. Wenn die Beherrschten glaubten, die Vererbung der Macht sei gottgewollt, hatte die traditionale Herrschaft ihre höchste Stufe erreicht. In vielen Ländern entwickelte sich daraus ein Königtum.

Das Königtum neigte dazu, antagonistische Gesellschaften zu schaffen, in denen den Königsgruppen mitsamt dem diese umgebenden Adel eine vielschichtige Klasse der Beherrschten gegenüberstand. Das brachte Konflikte, die sich oft in Revolutionen entluden.

Aus Revolutionen und Revolten gingen oft *rationale Herrschaftsformen* hervor, die an Recht und Gesetz gebunden waren. Dazu gehört die Demokratie. Aus der traditionalen Herrschaft kann auch eine Diktatur erwachsen, in der die Folgsamkeit der Massen faktisch durch brachiale Gewalt bewirkt, formal aber durch Gesetze, Verordnungen usw. hergestellt wird.

So gesehen, ist die Demokratie eine von vielen Machtformen. Die Demokratie ist stets gefährdet, denn sie kann in Diktatur umschlagen. Selten aber wird aus einer Diktatur eine Demokratie.

Demokratie fußt auf einer Annahme, für deren Richtigkeit es keinen Beleg gibt: der Annahme, dass der Mehrheitswille zum Allgemeinwohl führe. Diese Annahme soll durch den parlamentarischen Diskurs gefestigt werden. Als der deutsche Reichstag 1933 jedoch dem diktatorischen „Ermächtigungsgesetz" zustimmte, funktionierte das nicht.

Der Demokratie wohnt ein missionarischer Impetus inne und schätzt sich als moralisch wertvoller als andere Herrschaftsformen ein. Sie will sich ausdehnen und scheut dabei selbst vor Gewaltanwendung nicht zurück, wie der Irakkrieg der Amerikaner zeigte. Hierfür kam ein neues Schlagwort auf:

„Nationbuilding".

Neue Herrschaftsformen

Diktatur und Demokratie sind die vorerst letzten Herrschaftsformen der Menschheitsgeschichte. Es wird neue geben, und es ist möglich, dass solche sich infolge der modernen Völkerwanderung herausbilden. Aber welche Herrschaftsformen werden es sein?

Niemand vermag in die Zukunft zu schauen. Neue gesellschaftliche Formationen entwickeln sich langsam, wachsen zunächst als kleine Pflänzlein hier und da, bevor sie eines Tages große Felder einnehmen. Welche neuen Herrschaftsformen entwickeln sich in der gegenwärtigen Zeit des Klimawandels, der Pandemie, des Krieges und globaler Völkerwanderungen?

Clanherrschaft

In einigen Stadtvierteln im Norden der Erde bilden sich unter Immigranten neue, dennoch archaisch anmutende Formen der Clanherrschaft heraus. Clubs von „Machos" setzen sich an die Spitze bestimmter Bevölkerungsgruppen und versuchen, Angelegenheiten ihrer Community unabhängig zu regeln. Diese Stellen schotten sie nach außen ab, so dass Politiker der Mehrheitsgesellschaften und sonstige Autoritäten, also Lehrer, Polizisten, Mediziner oder Justizpersonen, keinen Einfluss haben. Sanktionen der Außengesellschaft wirken nicht; in der jeweiligen Community entwickelt sich ein kulturelles Überlegenheitsgefühl. Das Wertesystem und die Moral der Außengesellschaft verlieren die Kraft und werden zur perversen Kultur umgedeutet. Die

Fortentwicklungen der Außengesellschaft werden als Beleg für deren Abrutschen in Anarchie und Perversität gesehen. Die Anerkennung der Homosexualität etwa, die Emanzipationsbewegungen der Frauen, die Änderungen des Namensrechtes, das Postulat der Gleichheit aller menschlichen Rassen: Die gesamte politische Korrektheit wird als Irrweg gesehen.

Im Innern kann die Clanherrschaft demokratische Formen haben; sie kann auch auf Diktatur beruhen. Es ist möglich, dass eine herrschende Clanclique demokratisch verhandelt und dass abgestimmt wird. Aber meist wird nicht nach den Regeln der freien Wahl gehandelt. Spätgeborene Söhne und besonders Frauen haben meist keinen Zugang zur Auswahl. Ein Wechsel der Führungspersonen erfolgt meist erst durch den Tod eines Amtsinhabers. Möglich ist auch, dass inhaltliche oder personelle Entscheidungen mit psychischer oder physischer Gewalt durchgesetzt werden.

Je kleiner die Außengesellschaft wird und je größer die Communities, desto dominierender wird die Clanherrschaft sein. Sie könnte die einst dominierende rationale Herrschaft ablösen und sich am Ende auf ganze Territorien ausdehnen.

Religiös verbrämte Terrorherrschaft

Neben der Clanherrschaft bahnt sich eine religiös verbrämte Terrorherrschaft an. Wer sich von der rational verfassten Außengesellschaft abgestoßen fühlt, kann sein Seelenheil in religiöser Isolation finden und die gesamte Moral der Außengesellschaft ignorieren. Das kann zu einer Legitimation des Terrors führen. Terroranschläge von New York, London, Madrid, Nizza, Paris und Berlin haben gezeigt, wie verbreitet religiös verbrämte Terrorherrschaft ist. Sollte diese Form der Machtausübung größere Anerkennung finden – zuerst bei Einwanderern, dann bei Einwohnern – könnte ihr die Zukunft gehören. Das würde bedeuten, dass die Kultur des Nordens aufgegeben und eine Umkehr der Moral erfolgen könnte. Frauen würden zu Menschen zweiter

Klasse degradiert, Homosexuelle verfolgt und individuelle Verantwortung für das Leben würde aufgehoben werden. Persönliche Sicherheit könnte abnehmen, Schmerz und Blut könnten politische Kategorien werden, Argumente und Debatten verschwänden. Die allgemeine Gültigkeit einer religiös begründeten Herrschaft wäre ein Rückschritt, aber wo steht, dass die Menschengeschichte sich zum Guten hin entwickeln müsse?

In Russland konnte man 2022 sehen, wie feierlich gekleidete Priester zum Töten abgestellte Bürger für ihre Aufgabe segneten.

Und das im Namen Christi!

Debattenherrschaft

Das parlamentarische System könnte fortbestehen, wenn es in seinen Prämissen realistischer würde. Parlamentarische Systeme können mittlerweile offensichtlich keine „Massen" mehr bewegen. Parteien, Verbände, Gewerkschaften sollten zwar viele Mitglieder haben, werden aber immer unattraktiver. Die Beteiligung an allgemeinen Wahlen könnte höher sein, wenn sie nicht mehr als Ausweis für den Reifegrad einer Demokratie hingestellt würde. Die klassischen Großorganisationen müssen sich daran gewöhnen, Orte des öffentlichen Engagements von Minderheiten – und nicht länger Mehrheiten – zu sein.

Stark war die Partizipation in demokratischen Großorganisationen nie. Die demokratischen Parteien kamen mit ihren Mitgliedern kaum je über fünf Prozent aller Bürger hinaus. Wuchs der Organisationsgrad dennoch mal darüber hinaus, hatten die Organisationen vorher spezifische Serviceangebote unterbreitet, wie zum Beispiel Sport. Aus diesem Grunde wurde den politischen Parteien oft geraten, Dienstleistungen anzubieten. Die Wohnungsvermittlung beispielsweise wurde gelegentlich als Vehikel zur Anhebung der Mitgliederzahlen angepriesen. Doch das ist ein Holzweg. Statt der organisatorischen Hülle des Parlamentes sowie statt des Wechselspiels zwischen Mehrheit und Minderheit könnte die parlamentarische Debatte zwischen auch fachlich geschulten Politikern zum Kern moderner Demokratie aufrücken.

Etwa ab der Wende ins 21. Jahrhundert ließ die Partizipationsbereitschaft allenthalben in der Welt nach. Die Mitgliederzahlen schrumpften, traditionelle Organisationen verloren Mitglieder. Eine neue Generation war herangewachsen, und diese setzte die Partizipationskultur der Älteren nicht fort. Anstelle öffentlichen Engagements favorisierte sie private und persönliche Initiativen.

Es kam zum sich selbst regulierenden Parlamentarismus. Die überkommenen Institutionen blieben die gleichen wie im klassischen parlamentarischen System, doch sie entleerten sich. Keine Arbeiterklasse brauchte noch eine SPD, und die Vorstellung von einer „Union" zwischen Katholiken und Evangelischen wirkte gestrig. Regierungen, Plenen und die Justizapparate blieben weitgehend unter sich, wurden von der Bevölkerung immer weniger beachtet. Eine scheinbar „politische" Klasse – in Wirklichkeit eine Clique – bildet sich heraus. Ihr steht mittlerweile eine große selbstbezogene Bevölkerung gegenüber.

Eine dichotome Gesellschaft entsteht, in der sich die beiden Pole gegenseitig weitgehend in Ruhe lassen.

Das funktioniert in krisenfreien Zeiten einigermaßen. Kommt es jedoch zu Krisen, sind Fragilitäten zu befürchten.

Kann hier eine Debattenherrschaft helfen? Man sollte es hoffen.

II.
Probleme bei den Abgängen

Warum Mächtigen der Abgang oft schwerfällt

Wenn ihre Zeit gekommen ist, sagen viele: „Wer soll es denn sonst machen?" Konrad Adenauer sprach so, als seine Götterdämmerung kam. Auch Bill Clinton in den USA hätte gern eine dritte Amtszeit gehabt, weil er sich in den Staatsgeschäften schließlich auskannte und sich für krisenerprobt hielt. Helmut Kohl drängte seinen schon bereitstehenden Nachfolger beiseite und glaubte, noch den Euro einführen zu müssen: „Wer soll es denn sonst machen?" Gerhard Schröder hatte seine Wahl schon verloren, bescheinigte aber dennoch Angela Merkel, dass sie es nicht packen werde. Angela Merkel selber genehmigte sich eine vierte Amtszeit, denn sie wollte ihre Flüchtlingspolitik in Ordnung bringen.

Immer wieder heißt es: „Wer soll es denn sonst machen?" Bald nach Inkrafttreten der Achtjahresregelung hatte der 34. amerikanische Präsident Dwight D. Eisenhower (1953 bis 1961) die Begrenzung der Amtszeit kritisiert, und auch Ronald Reagan wollte diese Regelung abschaffen.

Auf den Friedhöfen liegen Menschen, die zu Lebzeiten gefürchtet hatten, ohne sie ginge es nicht. Aber die Erde drehte sich weiter.

Leben und Tod sind allgegenwärtig. Alles muss sich darauf einstellen, auch die Politik. Jahrhundertelang hielten sich die Menschen an die Abstammung. Verschied ein Herrscher, so trat ein Abkömmling an seine Stelle: „Der König ist tot. Es lebe der König!" Max Weber nannte das „traditionale Herrschaft". So kamen auch Frauen an die Macht und wurden Königinnen und Kaiserinnen.

Die traditionale Herrschaft überlebte sich. Politik sollte gerecht sein, alle beteiligen. An die Stelle der Tradition trat die „Demokratie". Ihre Verfahren wurden durch Gesetze geregelt, von Menschen erdacht und rational kalkuliert. Es kam zur „rationale(n) Herrschaft". Jede Frau und jeder Mann hatten eine Stimme, gleich wie groß das Vermögen und wie hoch der Grad der Bildung waren. Meinungsfreiheit sollte bestehen, und Minderheiten sollten die Chance haben, Mehrheiten zu werden.

In den USA und in Frankreich ist der personelle Wechsel gleich rational eingebaut. Die jeweiligen Präsidenten dürfen nur einmal wiedergewählt werden. In anderen Ländern, so auch in Deutschland, ist das nicht so. Daher spielen sich hier gelegentlich besondere Dramen ab, wenn eine Herrscherfigur am Ende doch gehen muss. Ob Minister, Senatoren, Bürgermeister, Abgeordnete oder gar Kanzler: Sie alle kleben umso fester an ihren Ämtern, je länger sie diese bekleiden.

Wie kommt das? Minister, Senatoren, Bürgermeister, Abgeordnete und Kanzler haben Berater, engere Anhänger. Sie sollen das kritische Alter Ego der Person im Amt sein und zugleich dem Amt wichtige Stimmungen und Fakten vermitteln. Aber je länger eine Person eine Machtposition bekleidet, desto kleiner wird die Schar der – informellen und bestellten – Berater. Beziehungen entwickeln sich: Die Mächtigen hören lieber Lob als Kritik oder Tadel. Und so hören sie öfter Lob als Tadel. Das ist menschlich – schließlich ist es schöner, zu hören: „Du warst klasse!" anstatt: „Das war Mist!" So bleiben die Schönsager Berater der Mächtigen, während Kritiker nach und nach gehen.

Kommt über eine Wahl oder eine Kampagne ein nicht mehr zu verheimlichender Sturm der Ablehnung über eine Amtsperson, fällt diese oft aus allen Wolken: „Aber ich muss doch noch ... Wer soll es denn sonst machen?"

Doch Wechsel gehört zur Demokratie.

Bekannte Schwierigkeiten mit dem Abgang bei Adenauer, Kohl und Schröder

Kein Politiker tritt frohen Mutes von seinem Posten ab, nur weil die Demokratie eben den Wechsel verlangt. Nicht jeder Spitzenpolitiker hadert jedoch öffentlich mit der Begrenzung der Amtszeit. Einige hingegen machen aus ihrem persönlichen Machtverlust ein öffentliches Drama und instrumentalisieren dieses politisch.

Konrad Adenauer

1961 – zur Bundestagswahl – war das Wort vom „Ende der Ära Adenauer" zu hören. Die CDU wollte die Nachfolgefrage klären. Doch Adenauer selber entgegnete wie berichtet in seiner unnachahmlichen Art: „Kronprinzenfragen sind unangenehme Fragen." Die FDP witterte die Stimmung und machte Wahlkampf mit der Parole „Mit der CDU, aber ohne Adenauer". Doch sie hatte den „Alten" unterschätzt: Über Herbert Wehner hatte dieser die Möglichkeit einer CDU/SPD-Koalition ins Spiel gebracht. Die sich im Wahlsieg (12,8%) sonnende FDP wurde erpresst. Sie akzeptierte schließlich eine weitere Kanzlerschaft des Rheinländers, allerdings nur für einen Teil der Wahlperiode und ein einstweiliges Fernbleiben des Parteivorsitzenden Erich Mende von der Regierung.

Das war der klassische „Umfall" der Liberalen. Adenauer blieb vorerst Kanzler.

Helmut Kohl

In der Theorie akzeptierte Helmut Kohl einen „Kronprinzen". Es sollte Wolfgang Schäuble sein. In der Praxis aber verhinderte der Kanzler den Amtswechsel. Kohl fand, die EU brauche ihn, und der „Euro" lasse sich ohne Kohl nicht einführen. Schäuble wurde in die Ecke gedrängt, und Kohl blieb vorerst Kanzler.

Gerhard Schröder

Dieser Kanzler hatte eine Reform des Sozialsystems gegen seine eigene Partei durchgesetzt („Hartz-Gesetze"), den USA gemeinsam mit Frankreich die Gefolgschaft in einen Krieg verweigert und musste später vorzeitige Neuwahlen akzeptieren. Im Zuge der Kampagne kam er dabei nach Stimmenzahl der Herausforderin Angela Merkel rechnerisch immer näher und erreichte fast ein Patt. Dennoch lag Merkel einen Tick vor ihm. In einer Fernsehdiskussion sprach Schröder seiner Nachfolgerin am Wahlabend die Qualifikation für das Kanzleramt ab, aber er musste den Wechsel erleiden.

Angela Merkel wurde seine Nachfolgerin und blieb sechzehn Jahre im Amt.

Extern bewirkte Wechsel:
Erhard, Kiesinger, Brandt, Schmidt

Fast jeder Spitzenpolitiker leidet unter dem persönlichen Machtverlust nach Ende der Amtszeit. Einige machen jedoch kein öffentliches Drama daraus. Dass jemand mit Freude ein Spitzenamt verlassen hätte, ist nicht bekannt.

Ludwig Erhard

Ludwig Erhard galt als „Vater des Wirtschaftswunders". Er war ein vom „Alten" ungeliebter „Kronprinz". Adenauer traute ihm das Kanzleramt nicht zu. Dennoch besetzte er es von 1963 bis 1966. Seinem Sturz durch eigene Parteifreunde ging der Satz des damaligen Fraktionsvorsitzenden der CDU/CSU, Rainer Barzel, voraus: „Ludwig ist und bleibt Bundeskanzler." Doch dann erklärte Erhard – nachdem die CDU bei einer Landtagswahl in Nordrhein-Westfalen im Juli 1966 mit 42,8 % gegenüber 49,5 % für die SPD schlechter abgeschnitten hatte – im internen Kreis: „Ich klebe nicht an meinem Sessel. Ich weiß, dass ich auf die Dauer nicht ohne Mehrheit in meinem Amt bleiben kann."[2]

Kurt Georg Kiesinger

Er sei der vergessene Kanzler, behaupten manche Chronisten. Kurt Georg Kiesinger war von 1966 bis 1969 westdeutscher Regierungschef

---

2   www.spiegel.de/spiegel/d-46414850.html (Zugriff 17.11.2016).

und saß der ersten „Großen" Koalition in der Bundesrepublik vor. Er kam aus Baden-Württemberg, war dort Ministerpräsident und trug den Spitznamen „König Silberzunge". Sein CDU/CSU/SPD-Kabinett galt als das höchstqualifizierte der deutschen Geschichte. Zur Abstimmung wichtiger Entscheidungen erfand er den „Kressbronner Kreis" – eine regierungsinterne „Kungelrunde". Wegen seiner einstigen NSDAP-Mitgliedschaft ohrfeigte ihn die selbsternannte „Nazijägerin" Beate Klarsfeld in aller Öffentlichkeit.

Die Bundestagswahl 1969 ermöglichte eine sozial-liberale Koalition in Bonn und beendete die Kanzlerschaft Kiesingers. Dieser verübelte das der FDP und forderte, diese Partei aus den deutschen Landtagen „herauszukatapultieren". Es war ein nicht gerade fröhlicher Abgang.

Willy Brandt

Mit seiner „Neuen Ostpolitik" und dem Stichwort „Mehr Demokratie wagen" war Willy Brandt eine Ikone der westdeutschen Politik. Das Bild seines Kniefalls vor dem Mahnmal für die Opfer des Warschauer Ghettos ist allgegenwärtig. Verdrängt wird allerdings oft, dass Brandt auch für den „Radikalenerlass" verantwortlich war, mit dem „Verfassungsfeinde von rechts und links" aus dem Öffentlichen Dienst ferngehalten werden sollten.

Von 1969 bis 1973 war er Bundeskanzler, und in diesem Amte zählt er wie Konrad Adenauer zu den Großen. Bei den Bundestagswahlen 1969 erzielte seine SPD 42,7 % der Wählerstimmen; die CDU/CSU allerdings 46,1 %. Weiterregieren konnte Brandt nur mithilfe der FDP, die 5,8 % der Stimmen erhalten hatte.

Dann kam die SPD 1972 auf 45,8 % gegenüber der Union mit 44,9%, und die FDP erhielt 8,4 %. An Brandt aber zehrten diesem Wahlergebnis zum Trotz viele öffentliche Verletzungen. Gegner wiesen auf seine uneheliche Geburt hin, auf die Namensänderung und die Immigration während der Nazizeit; Frauengeschichten und

Alkoholabhängigkeit wurden ihm nachgesagt. Brandt litt an Depressionen, und die Unterstützung aus seiner Partei bröckelte. Bei einer Reise nach Moskau bemerkte der damalige SPD-Fraktionsvorsitzende Herbert Wehner, der Kanzler bade gern „lau". Als Brandt bei einem Urlaub in Norwegen vom DDR-Spion Günter Guillaume bespitzelt wurde und das aufflog, trat er von seinem Amte zurück.

Als Friedensnobelpreisträger und Bundeskanzler a.D. füllte Brandt zahlreiche nationale und internationale Ämter aus.

Helmut Schmidt

Zum Nachfolger Brandts wurde Helmut Schmidt gewählt. Er war von 1974 bis 1982 Bundeskanzler, davor nacheinander Bundesminister der Verteidigung und Bundesfinanzminister, zuvor Fraktionsvorsitzender der SPD. Der Öffentlichkeit bekannt geworden war Schmidt als Senator in Hamburg, wo er 1962 eine Sturmflut umsichtig managte. Mit Herbert Wehner und Willy Brandt hatte er einem innerparteilichen Reformtrio angehört, das die SPD von einer Klassen- zur Volkspartei verwandelte. Es war bekannt, dass die Männer dieses Trios persönlich zerstritten waren.

Schmidt galt im Unterschied zum „Visionär" Brandt als „Macher". Von ihm stammt der Satz: „Wer Visionen hat, soll zum Arzt gehen." In seiner Kanzlerzeit setzte er in der Bundesrepublik eine Nachrüstung der NATO („Doppelbeschluss") durch, bekämpfte eine Konjunkturflaute und setzte sich mit dem aus der studentischen APO-Bewegung erwachsenen Terrorismus auseinander. Schmidt verlor dennoch die Rückendeckung seiner Partei, musste den Abgang des Koalitionspartners FDP erleben und wurde vom Bundestag in einem Konstruktiven Misstrauensvotum durch Helmut Kohl ausgetauscht.

Nach dem Regieren wirkte Schmidt als Mitherausgeber der Wochenschrift „Die Zeit" und schlüpfte in die Rolle des „Elder Statesman".

So wurde er sogar „beliebtester Deutscher".

Bewerber

Klaus Schütz, später Regierender Bürgermeister von (West-)Berlin, hatte als SPD-Wahlkampfmanager die USA bereist und als Beobachter des Wahlkampfes von John F. Kennedy die Figur des „Kanzlerkandidaten" nach Deutschland gebracht. So bekam der Herausforderer des damals amtierenden Kanzlers Konrad Adenauer, Willy Brandt, 1961 diesen Titel.

Seit dieser Zeit ist die Zahl der „Kanzlerkandidaten" Legion: Björn Engholm, Johannes Rau, Wolfgang Scharping, Oskar Lafontaine, Peer Steinbrück, Frank-Walter Steinmeier, Edmund Stoiber, Guido Westerwelle, Martin Schulz, Annalena Baerbock, Armin Laschet und Olaf Scholz. Sogar amtierende Kanzler mutieren zu „Kanzlerkandidaten", wie Angela Merkel zuletzt 2016.

Neben den in der Öffentlichkeit beachteten, aber im Grundgesetz gar nicht erwähnten „Kanzlerkandidaten" gab es „Kronprinzen". Wolfgang Schäuble war während der Regentschaft von Helmut Kohl einer. Er kam nicht zum Zuge.

In der CDU war Josef Hermann Dufhues von 1962 bis 1966 „Geschäftsführender Vorsitzender". Die Partei wollte ihn als Kronprinzen des alten Kanzlers aufbauen. Doch Konrad Adenauer widersetzte sich: „Kronprinzenfragen sind unangenehme Fragen!"

Nachfolgerreservoir

In Deutschland wurden bis 2005 alle Kanzler aus der „obersten Etage" der Politik rekrutiert. Sie hatten vor ihrer Wahl in das Spitzenamt wichtige Staatsämter inne und waren in ihren Parteien hoch verankert. Wenn sie als Regierungschef (noch) nicht Parteivorsitzende waren, versuchten sie, das nachzuholen oder bedauerten hinterher, dass sie nicht danach gegriffen hatten. So war das zumindest bei Helmut Schmidt.

Es ist keinem Bundeskanzler gelungen, seine eigene Nachfolge zu organisieren: Adenauer mochte seinen Nachfolger nicht. Erhard musste dem Druck seiner eigenen Partei weichen. Kiesinger fiel dem Koalitionswillen von SPD und FDP zum „Opfer". Brandt gab in hoffnungsloser Lage auf. Schmidt musste im Bundestag das erste Konstruktive Misstrauensvotum überhaupt hinnehmen. Kohl wurde vom Volke abgewählt. Schröder verlor den Rückhalt seiner Koalition.

Von Frau Merkel wurde gesagt, sie habe sich aus den Diskussionen über ihre Nachfolge herausgehalten. Ob sie allerdings hinter den Kulissen Einfluss genommen hatte, weiß allein sie selbst.

Eigentlich sollte die Nachfolgeregelung für Bundeskanzler eine Staatsaufgabe sein. In den USA gibt es den „mitlaufenden" Vizepräsidenten, der im Falle eines plötzlichen Abgangs des Präsidenten alle Rechte des Präsidenten erhält: „Der König ist tot; es lebe der König!"

In Deutschland gibt es so etwas nicht. Die Position eines „Vizekanzlers" ist noch nicht einmal in der Verfassung erwähnt. Scheidet ein Bundeskanzler aus dem Amte, so müssen die Parteien und Fraktionen den Nachfolger oder die Nachfolgerin suchen. Da es – mit der Ausnahme vom Bundespräsidenten – in Deutschland keine Amtszeitbegrenzung gibt, konzentrieren die aktiven Bundeskanzler ihre politische Energie lieber auf ihre eigene Machtabsicherung. Die These von der „Unabkömmlichkeit in bevorstehenden schwierigen Zeiten" ist oft eine gute Stütze.

Dass jemand im Amt sein Leben verliert, ist in der Bundesrepublik glücklicherweise nicht vorgekommen. Wahrscheinlich wäre das die Stunde der Parlamentarier, die Nachfolge zu regeln.

Nachfolger stehen jederzeit bereit – mal offen, mal verborgen. Einige melden sich während der Regentschaft des Vorgängers als „Kronprinzen" an und laufen dadurch oft Gefahr, beim Amtsinhaber selbst Misstrauen zu erzeugen. Andere geben sich aus diesem Grunde möglichst nicht zu erkennen, solange die Nachfolgefrage sich nicht akut stellt …

Immer ist es spannend, wenn es heißt:

„Der Nächste, bitte!"

Niemand weiß dann genau, wer hereinspaziert kommt.

USA: *Auch sie alle mussten gehen: Carter, Reagan, die Bushs, Clinton, Obama, Trump*

Die Demokratie gibt es in den USA länger als in Deutschland. Nicht jedes Detail des dortigen politischen Systems ist in „Stein gemeißelt", also in der Verfassung verankert. Aber schon Thomas Jefferson, einer der Gründerväter der USA und deren dritter Präsident (1801 bis 1809),[3] schrieb: „Falls keine Begrenzung der Amtszeit des Staatsoberhauptes in der Verfassung vorgesehen ist, oder aber durch Gewohnheitsrecht geschaffen wird, so wird das Amt, das eigentlich nur für vier Jahre übertragen werden soll, de facto auf Lebenszeit übertragen."[4] Die Begrenzung kam sehr viel später als Zusatz in die Verfassung der Vereinigten Staaten, denn monarchistische Zustände sollte es in diesem Land nicht geben. So waren die Amtszeiten aller neuzeitlichen Präsidenten von Jimmy Carter bis Donald Trump auf acht Jahre beschränkt, und manch ein Politiker haderte damit.

Jimmy Carter

Während seiner Amtszeit galt Carter, der 39. Präsident, als politisch schwach. Auswärtige Besucher Amerikas wurden gebeten, über diesen Präsidenten nicht zu spotten, denn seinerzeit habe in den USA der Grundsatz gegolten: „Right or wrong, my President." Carter erlebte eine Amtszeit. Er regierte von 1977 bis 1981 und wurde bei der Wahl 1980 von seinem Herausforderer Ronald Reagan geschlagen.

---

3   https://de.wikipedia.org/wiki/Thomas_Jefferson_(Zugriff 25.11.2016).
4   https://de.wikipedia.org/wiki/22._Zusatzartikel_zur_Verfassung_der_Vereinigten_Staaten (Zugriff 18.11.2016).

Seine Abwahl schien Carter akzeptiert zu haben. Als ehemaliger Präsident aber war er weiterhin öffentlich aktiv und wurde für seine Friedfertigkeit und sein soziales Engagement international geachtet. Er engagierte sich – auch innenpolitisch – besonders für Menschenrechte, Demokratie und allgemeine Wohltätigkeit. 2002 erhielt er den Friedensnobelpreis.

Weder ihm noch den USA hatte der Wechsel von 1980 geschadet.

Ronald Reagan

Der Republikaner Ronald Reagan war der 40. Präsident der USA und regierte acht Jahre, von 1981 bis 1989. Er ging in eine zweite Amtsperiode und musste danach sein Amt verlassen. Bei der Wahl für die zweite Amtszeit erhielt er über 58 % der Stimmen. Als seinen Nachfolger installierte er seinen Vizepräsidenten George Bush sen. Nach seiner Amtszeit als Präsident ging Reagan 1994 noch einmal an die Öffentlichkeit, als er gemeinsam mit seinen beiden Vorgängern Jimmy Carter und Gerald Ford jr. einen Brief an den Kongress schrieb, in dem sie das Verbot halbautomatischer Waffen forderten.

Danach gab er seine Alzheimer-Krankheit bekannt und verließ die politische Bühne.

George Bush sen.

George Bush sen. war ebenfalls Republikaner und ist der Vater des späteren Präsidenten George Bush jr. Er wurde der 41. Präsident der USA und amtierte von 1989 bis 1993. In der Kampagne von 1992 gewann der Demokrat Bill Clinton gegen „Vater Bush". Der war nach seiner Wahlniederlage bis zur Amtseinführung des Nachfolgers noch außenpolitisch aktiv: Er entsandte im Dezember 1992 Truppen nach Somalia, um entsprechend einem UNO-Mandat humanitäre Hilfe leisten zu können.

Nach seinem Ausscheiden aus dem Präsidentenamt schlüpfte Bush sen. in die Rolle des „Elder Statesman", die er durch die Annahme zahlreicher – auch internationaler – Ehrungen und später die Vaterrolle des Präsidenten George Bush jun. ausfüllte.

Bill Clinton

Bill Clinton war der 42. Präsident der USA und regierte von 1993 bis 2001, absolvierte also zwei Amtsperioden. Die zweite Periode war überschattet von der im Januar 1998 ruchbar gewordenen Sex-Affäre mit der Praktikantin Monica Lewinsky. Clinton leugnete zunächst, korrigierte sich aber später. Das löste ein Amtsenthebungsverfahren aus, das erfolglos war.[5] Clinton war erst der zweite amerikanische Präsident, der sich einem derartigen Verfahren ausgesetzt sah. (Richard Nixon war dem durch Rücktritt zuvorgekommen.)

Nach seinem Ausscheiden aus dem Amt blieb Clinton politisch aktiv. Er übernahm mehrere internationale Aufgaben, veröffentlichte seine Autobiografie, betrieb die „Clinton Foundation" und förderte die Karriere seiner Ehefrau Hillary. Mit der Autobiografie und über die Stiftung nahm er erhebliche Beträge ein, was in den USA kritisiert wurde. 2016 unterstützte er erfolglos die Präsidentschaftskampagne seiner Ehefrau Hillary Clinton.

Womöglich war die Kandidatur von Hillary Clinton eine familiäre Ersatzhandlung für das, was Clinton eigentlich gewollt hatte, denn einst hatte er dafür plädiert, dass ehemalige Präsidenten trotz zweier Amtsperioden nach einer Pause erneut kandidieren können sollten, denn es könne sein, dass die Bürger in Krisenzeiten auf eine erfahrene Person zurückgreifen wollten …

George W. Bush

Der 43. Präsident der USA ist als Kriegspräsident in die Geschichte eingegangen. Der Republikaner und Sohn von George Bush sen. amtierte von 2001 bis 2009. Gleich nach seinem Amtsantritt kam es in New

---

5 https://de.wikipedia.org/wiki/Bill_Clinton, Zugriff 24.11.2016.

York und Washington am 11. September 2001 zu Terroranschlägen.[6] Bush führte daraufhin Kriege in Afghanistan und im Irak.

Besonders der Krieg im Irak polarisierte die Weltöffentlichkeit. Von der UNO war der Krieg nicht gedeckt. Die USA-Verbündeten Frankreich und Deutschland verweigerten die Teilnahme. In der Bush-Administration bezeichnete man die Unterstützer-Länder als „Willige" und verhöhnte die Verweigerer als „altes Europa".

Am Ende war der Irakkrieg erfolglos. Der Diktator Saddam Hussein wurde 2006 zwar getötet, der Irak versank jedoch in ein politisches Chaos, und die US-Truppen zogen schließlich wieder ab.

Das Afghanistan-Engagement endete Jahre später jäh ebenfalls mit einem Abzug des Militärs.

Auch nach seinem Ausscheiden aus dem Amt blieb „George W." umstritten. Er trat – wie Vorgänger Bill Clinton – allerdings regelmäßig als Redner auf. Nach Berechnungen eines „Center for Public Integrity" hatte er damit seit 2009 mindestens 15 Millionen Dollar verdient. – Seit dem Ruhestand war Bush im Übrigen als Maler tätig und wurde von seiner Kunstlehrerin als erfolgreich beschrieben.[7]

Barack Obama

Der erste Schwarze Präsident der USA – der 44. – regierte von 2009 bis 2017. Zur allgemeinen Überraschung wurde der New Yorker Milliardär und Rechtsaußen der Republikaner, Donald Trump, zu seinem Nachfolger gewählt. Obama wird vorgeworfen, seine Parteifreundin Hillary Clinton bei den Demokraten „durchgeboxt" zu haben, obwohl er von den Schwächen seiner früheren Außenministerin wusste. Sein formvollendeter Empfang Trumps gleich nach dessen Wahl im Weißen Haus wirkte unglaubwürdig, nachdem Obama gerade mit Macht für die Gattin des Ex-Präsidenten Clinton gekämpft hatte. Obama, dem

---

6 Wie ändert sich die Welt?, in: Jürgen Dittberner, *Zeitenwandel. Jahre politischer Ansichten (1979 bis 2016)*, Stuttgart 2016, S. 447 ff.
7 https://de.wikipedia.org/wiki/George_W._Bush (Zugriff 24.11.2016).

blendenden Redner, der im eigenen Vorwahlkampf die Favoritin Hillary geschlagen hatte, wird nachgesagt, er hätte auch 2017 gern weitergemacht, hätte es den 22. Zusatzartikel nicht gegeben ...

Donald Trump

Aus den Präsidentschaftswahlen 2020 in den USA war der Kandidat der Demokraten, Joe Biden, mit 51,3 % der Wählerstimmen und 306 Wahlmännern als Sieger gegen den Bewerber der Republikaner, Donald Trump, mit 46,9 % der Wählerstimmen und 232 Wahlmännern hervorgegangen.

Trump wollte seine Niederlage jedoch nicht eingestehen. Der Wahlsieg sei ihm gestohlen worden. Am 6. Januar 2021 kam es zum Sturm aufs Kapitol in Washington: Etwa 800 Personen drangen in das Parlamentsgebäude ein und unterbrachen gewaltsam eine Sitzung beider Kammern. Es gab fünf Tote. Der Vorgang wurde vielfach als Putsch bezeichnet. Am 7. Januar 2021 stellte der Kongress dennoch den Wahlsieg Bidens fest. Der Putsch war gescheitert.

Joe Biden und seine Vizepräsidentin Kamala Harris traten ihre Ämter an. Sie residieren seitdem im Weißen Haus, während Trump an seinem „Comeback" über die Republikanische Partei arbeitet und sich mit Gerichtsverfahren herumschlägt.

Der Sturm auf das Kapitol gilt als einmalig in der amerikanischen Geschichte. Er hatte die Qualität eines Staatsstreiches. Die Täter kamen überwiegend aus den Südstaaten, und viele wurden vor Gericht gestellt.

Joe Biden jedoch ist Nachfolger von Donald Trump als Präsident der USA und seit Februar 2022 in Washington mit dem Krieg Russlands gegen die Ukraine konfrontiert.

Man sieht:

Mächtige weichen auch in den USA nicht gern. „Krisen", „schwierige Zeiten" oder „große Projekte" stehen stets bevor. Bei Handelnden wirkt Macht oft wie eine Droge. Je länger jemand amtiert, desto mehr gewöhnt er sich daran.

Tatsächlich jedoch stehen stets Alternativen zu den Mächtigen bereit.

III.
Merkel geht

III.

Merkelpart

Bleibt sie denn ewig?

Am 16. November 2016 war es regnerisch und trüb in Berlin. Einst hätte man diesen Tag als Buß- und Bettag begangen, doch nun war der in der Hauptstadt abgeschafft. In Sachsen ruhte die Arbeit; in der Bundeshauptstadt gab es den Feiertag nicht mehr. Im sächsischen Dresden hatte einst Ministerpräsident Kurt Biedenkopf von der CDU („König Kurt") dafür gesorgt, dass der traditionelle evangelische Feiertag nicht der Globalisierung zum Opfer fiel, obwohl sein Ländle wenige treue Christen hatte.

Doch Sachsen lag im Schatten. In der Welt und in der deutschen Hauptstadt dagegen tat sich einiges: In den Vereinigen Staaten hatte der populistische Republikaner Donald Trump das Washingtoner Establishment mit Hillary Clinton an der Spitze im Präsidentenwahlkampf besiegt. Nach acht Amtsjahren musste der 44. Präsident, der Demokrat Barack Obama, aufhören – wie es die dortige Verfassung seit 1947 verlangt. Am 16. November 2016 kam Obama zum Abschiedsbesuch bei Bundeskanzlerin Angela Merkel an die Spree. Merkel hatte gerade ihren Außenminister Frank Walter Steinmeier zum Kandidaten für das Amt des deutschen Bundespräsidenten erhoben und ließ Spekulationen über ihre vierte Amtsperiode frei laufen.

Die Medien waren voll von Spekulationen über die Zukunft Amerikas und der Welt mit dem kommenden 45. Präsidenten. Da war es in Berlin medial nicht angesagt, dass Merkel ihre damalige Absicht verkündete, dass sie eigentlich ewige Kanzlerin von Deutschland sein wolle.

Das war der Unterschied: In den USA musste der charismatische Mann an der Spitze gehen, weil die Verfassung es verlangte. In Deutschland jedoch – so schien es – konnte die meist vorsichtige und den Deutschen deshalb angenehme Kanzlerin bleiben, solange es ihr passte. Es gab ja keinerlei rechtliche Beschränkungen.

Wo herrschte mehr Demokratie: diesseits oder jenseits des Atlantiks?[8]

Der langsame Abschied[9]

Bei seinem letzten offiziellen Besuch in Berlin im November 2016 empfahl der scheidende US-Präsident Barack Obama den Deutschen, Angela Merkel wertzuschätzen. Wäre er Deutscher, würde er Merkel wählen.

Kaum hatte Obama Deutschland verlassen, traten das Präsidium und der Vorstand der CDU zusammen. Merkel teilte mit, dass sie bei der Bundestagswahl 2017 erneut als Kanzlerin kandidieren wolle, was mit „langem und lautem" Beifall quittiert worden sei.[10] Die Bundeskanzlerin sprach: „Viele hätten wenig Verständnis, wenn ich jetzt den Dienst für Deutschland nicht mehr tun soll. In dieser Zeit, habe ich gesagt, jetzt kannst du dich nicht vom Acker machen."[11]

Diese Begründung der Kanzlerin für ihre abermalige Kandidatur war altbekannt und geradezu institutionell. Dass es gerade jetzt nicht ginge, hatten schon Adenauer und Kohl betont, als ihre Zeit gekommen war. Auch Reagan, Clinton und Obama in den USA hätten ihre

---

8   USA: „Die Amtszeit des Präsidenten beträgt **vier Jahre**. Eine Wiederwahl ist nur einmal möglich, allerdings darf er bei gescheiterter Wiederwahl nochmals antreten. (So war beispielsweise St. Grover Cleveland der 22. und 24. US-Präsident, allerdings gilt die Beschränkung auf zwei Amtszeiten erst seit einer Verfassungsänderung im Jahre 1947 nach den vier Amtszeiten von Präsident Franklin D. Roosevelt). Ein als Vizepräsident während der Wahlperiode ins Amt gerutschter Präsident kann zweimal wiedergewählt werden, wenn er in der ersten Periode weniger als 2 Jahre Präsident war." www.wahlrecht.de/ausland/us-praesident.html (Zugriff 16.11.2016).

9   Zu diesem Kapitel Robin Alexander, *Machtverfall. Merkels Ende und das Drama der deutschen Politik: Ein Report*, München 2021.

10 *Frankfurter Allgemeine Zeitung für Deutschland*: Merkel will noch einmal Kanzlerin werden, Montag, 21.11.2016, Nr. 272/47 D 3, S. 1.

11 Ebenda.

Erfahrungen gern im höchsten Amte ihres Landes genutzt, wenn sie gedurft hätten.

Dass die CDU die damalige Entscheidung Merkels begrüßte und Kritik – die erneute Kandidatur sei ein Zeichen für einen Mangel an Persönlichkeiten – zurückwies, war zu hoffen, denn die CDU stand stets so lange hinter jedem ihrer Anführer, wie zu erwarten war, dass er (oder sie) „Beute bringt" in Form von Wählerstimmen und Mandaten.

2005 war Merkel, die frühere Ministerin Helmut Kohls („Kohls Mädchen"), in einer Koalition mit der SPD zum ersten Mal Bundeskanzlerin geworden. Die CDU/CSU hatte 35,2 % erzielt, die SPD 34,2 %. Die „Große" Koalition von damals – die zweite in der Bundesrepublik überhaupt[12] – sei eine Ausnahme, wurde damals gesagt.

Nach 2009 – die Union hatte 33,8 %, die SPD 23 % und die FDP 14,6 % erzielt – kam es zu einer FDP-Koalition, wieder mit Merkel an der Spitze. In dieser Konstellation rutschte die FDP schließlich im Jahre 2013 auf 4,8 % ab.[13]

Danach (2013–2017) kam es erneut zu einer „Großen" Koalition (CDU/CSU 41,5 %, SPD 25,7%).[14]

2017 bis 2021 stand Angela Merkel wiederum einer „Großen" Koalition vor. Die Union war insgesamt auf 31 %, die SPD auf 20,5 % gekommen, und die FDP zog unter ihrem neuen Vorsitzenden Christian Lindner mit 10,7 % erneut in den Bundestag ein. Die Union verhandelte ursprünglich mit der FDP über eine Neuauflage der Regierung Merkel, bis die absprang. Die SPD übernahm daraufhin abermals die Rolle als Juniorpartner.

---

12 Jürgen Dittberner, *Große Koalition – Kleine Schritte. Politische Kultur in Deutschland*, Berlin 2006.
13 Ders., *Schwarz-Gelb in Berlin. Entstehung – Krisen – Chancen*, Berlin 2011.
14 *Der Tagesspiegel:* Merkel, Merkel, Merkel, Merkel, Montag, 21.11.2016, 72. Jg./Nr. 22946, S. 1.

Dann kam plötzlich doch die Ankündigung der Bundeskanzlerin, 2021 – nach sechzehn Jahren! – nicht wieder kandidieren zu wollen. Vorher war sie ja schon als CDU-Vorsitzende abgetreten. Zum ersten Mal würde ein Kanzler bzw. eine Kanzlerin der Bundesrepublik aus offenbar freien Stücken – jedenfalls nicht veranlasst durch Zwänge wie Wahlergebnisse oder Intrigen – von der Macht lassen.

Sie tat es wirklich. Mit ihrem Verzicht auf eine erneute Kanzlerschaft schuf Merkel eine in der Bundesrepublik bislang nicht bekannte Lage, denn sie forderte für 2021 nicht nur die Union heraus mit ihrer Ansage

„Der Nächste, bitte",

sondern alle Parteien mussten sich auf eine neue Lage einstellen.

IV.
Scholz kommt

IV

Die Kampagne 2021 in Deutschland

Entschuldigung

Am 23. und 24. März 2021 ging es durch die Presse: Ein weiterer digitaler „Corona-Gipfel" der deutschen Ministerpräsidenten unter Leitung von Bundeskanzlerin Angela Merkel tagte, um Maßnahmen zu vereinbaren, die gegen die „dritte Welle" der Corona-Pandemie in Deutschland helfen sollten. Allgemein wurde das Impfen der deutschen Bevölkerung als am wirksamsten bezeichnet. Allerdings wären erst die Ältesten geimpft worden, und genügend Impfstoff („Vakzin" genannt) stünde auch nicht zur Verfügung.

Die Regierenden von Bund und Ländern konnten sich offensichtlich zunächst auf nichts einigen. Die Sitzung wurde um mehrere Stunden unterbrochen, und dann erfuhr die Öffentlichkeit, dass unter anderem beim bevorstehenden Osterfest eine lange Phase absoluten Stillstands erfolgen sollte: An Gründonnerstag, Karfreitag, Ostersonnabend und Ostern selbst wäre praktisch kein gesellschaftliches Leben erlaubt. Ostern stand am 4. und 5. April vor der Tür. Vom 1. bis 5. April also sollte Deutschland „zu" sein. Auch die Supermärkte sollten geschlossen bleiben, Gottesdienste in Räumen wären verboten. Zum letzten Punkt sagte ein Ministerpräsident übrigens, darüber entscheide der „Heilige Vater".

Am Tag nach dem „Corona-Gipfel" traf sich Frau Merkel mit Repräsentanten der Autoindustrie: Kanzlerleben halt. Gab es bereits dabei Debatten über die „Corona-Beschlüsse" der Ministerpräsidenten und der Kanzlerin? Jedenfalls begrüßte die Industrie den späteren Rückzug Merkels.

Denn es brach in der allgemeinen Öffentlichkeit ein Sturm der Entrüstung los. Besonders Discounter und Journalisten begehrten auf. Schließlich nahm die Kanzlerin mit der Bitte um „Entschuldigung" die Vorschläge für Ostern zurück und erklärte, sie trage die

Verantwortung dafür, dass derlei beschlossen worden sei. Die Nachrichten meldeten indes, die „Osteridee" sei aus dem Kanzleramt gekommen, nicht von der Kanzlerin selbst.

Ministerpräsident Markus Söder aus Bayern solidarisierte sich mit der Kanzlerin. Nach und nach zogen andere Länderregierungschefs wie etwa Dietmar Woitke aus Brandenburg nach. Michael Müller, der Regierende Bürgermeister von Berlin, hatte turnusmäßig den Vorsitz in der „MPK" geführt. Er bequemte sich am 25. März vor dem Abgeordnetenhaus ebenfalls zu einer Entschuldigung. Gleichzeitig verkündete jedoch der Regierungschef des Saarlandes, Tobias Hans, stolz, an der Saar würde nun gelockert, weil dort die Inzidenzwerte rückläufig wären. Dem widersprachen Wissenschaftler mit negativen Prognosen auch für dieses kleine Bundesland.

Der Bundestag diskutierte am 24. den Vorgang, und es kam (wohl aus der Opposition) der Ruf nach einer „Vertrauensfrage". Die Union stand jedoch zu Merkel.

Doch wer sollte nun das „Bauernopfer" sein? Ganz oben auf der Liste hierfür stand der Kanzleramtschef Helge Braun. Der Mediziner war bis dahin vor allem in „Talkshows" des Fernsehens oft als „Corona"-Experte der Bundesregierung aufgetreten. Allmählich geriet er in den Medien unter Beschuss.[15]

Aber würde es überhaupt ein Bauernopfer geben? Jedenfalls tauchte Braun nach diesem Vorgang seltener als zuvor im Fernsehen auf. Mehr geschah vordergründig nicht.

Hosianna – kreuzigt sie

Einst galt sie als „Weltkanzlerin". Wie sie Flüchtlinge aus Fernost ins Land hineinließ, wie sie den Atomstrom aussperrte, was sie zur Abwehr des Klimawandels versprach – all das fand globale Bewunderung. In Koalitionsverhandlungen ging es nicht um sie, sondern darum,

---

15 Der Assistent; in: *Der Tagesspiegel*, Nr. 24489 vom 26.3.2021, S. 4.

welche Parteien mit ihr regierten. In der Europäischen Union galt sie als die „Nr. 1".

„*Hosianna!*"

Dabei hatten Altvordere der CDU/CSU sie einst als „Mutti" aus dem Osten verspottet, als ehemalige FDJlerin, die in der CDU untergehen würde. Doch ihre innerparteilichen Feinde und Konkurrenten von einst waren mittlerweile alle eliminiert und kamen nicht wieder. Erst nach dem späteren Abgang Merkels gelang dem früheren CDU/CSU-Fraktionsvorsitzenden Friedrich Merz eine Rückkehr – im dritten Anlauf!

Als sie die Macht ergreifen wollte, stellte ihr Vorgänger Gerhard Schröder noch ihre Fähigkeit in Zweifel. Doch er schien sich geirrt zu haben: Angela Merkel wurde „Weltkanzlerin" genannt.

Sie ging durch die Decke. Niemand schien ihr das Wasser reichen zu können. Gegen den Klimawandel reiste sie im frostschützenden Freizeitoutfit ins Eismeer. Dass ihr der neugewählte US-Präsident Donald Trump partout nicht die Hand geben wollte, prallte an ihr ab. Vorher hatte ihr – wie berichtet – der scheidende Präsident Barack Obama die Führung der westlichen Welt anvertraut.[16] Mit dem russischen Präsidenten Wladimir Putin parlierte sie in dessen Muttersprache. Als der neu gewählte Präsident Frankreichs Emmanuel Macron Europa reformieren und langfristig wohl auch beherrschen wollte, lehnte er sich zunächst bei ihr an. Auch Peking und Ankara trugen manchen Strauß mit ihr aus, schätzten sie aber sehr.

Die Bürger Deutschlands waren fasziniert. Sie und die CDU gewannen alle Wahlen. Minister und Parteien kamen und gingen, aber sie blieb. Wer an ihrem Thron rüttelte, verschwand alsbald in der Versenkung. Jede ihrer verunglückten Formulierungen in der Öffentlichkeit wurde als geistreich ausgelegt. Kein Bundeskanzler vorher hatte sich eine so dominante Position erarbeitet.

---

16   Robin Alexander, a.a.O., S. 10.

„Hosianna!"

Dann kokettierte sie mit ihrem politischen Ende, wurde aber von Obama überredet, noch eine Wahlperiode zu bleiben, weil Trump gerade das Weiße Haus erobert hatte. Später kam Corona, und die Kommentatoren überboten sich anfangs in Verehrung, als sie dazu eine strenge Ansprache an ihr Volk richtete. Abermals schien ihr die Führung zuzufallen. Sie verordnete Ausgangssperren, Beherbergungsverbote, Abstand, Masken, Impfungen sowie einen „Lockdown" und lobte den sozialdemokratischen Mindestlohn. Sie schnürte Geschenkpakete, ließ Milliarden Euro als Kompensation für fehlende Arbeit versprechen, lobte „systemrelevant" arbeitende Menschen. Wieder einmal schien Deutschland es zu schaffen – nun also die Pandemie.

Es kamen aber eine zweite und eine dritte Corona-Welle, Mutanten tauchten auf. Schnell herbeigezauberte Vakzine schienen riskant zu sein. Im März 2021 verlängerte die „Weltpolitikerin" dann das christliche Osterfest um zwei „Ruhetage" und löste damit einen Sturm des Protestes aus – angeführt von den Kirchen im Bunde mit den Großhandelsketten. Angela Merkel musste klein beigeben und zurückrudern. Die zusätzlichen Ruhetage wurden gestrichen.

Ihr Mythos schrumpfte.

Über der „Weltkanzlerin" braute sich etwas zusammen. Fragen kamen auf:

- Warum suchte sie sich bequeme Journalisten zu Interviews aus?
- Warum hatte sie so viele „Ja"-Sager als Berater?
- Hätte ihr Vater, der Pastor, wegen Corona einen Ostergottesdienst abgesagt?

„Kreuzigt sie!"

Auch das erlebte Angela Merkel also: Wer „dran" ist, den erhöhen die Mitmenschen gern. Wer aber geht, wird schnell niedergemacht.

Offensichtlich lieben die Menschen die Macht und verabscheuen den Machtverlust.

Der Countdown

Nach Ostern 2021 – am 11. April – erklärte der CSU-Vorsitzende Markus Söder, er wolle Kanzlerkandidat der Union werden. Er habe mit Armin Laschet, dem CDU-Vorsitzenden, darüber gesprochen.

Die Medien favorisierten überwiegend Söder; in Umfragen lag er vor Laschet. Am Montag, dem 12. April, sprach sich die CDU-Spitze dennoch für Laschet aus, nachdem die CSU Söder favorisiert hatte. Das sollte nur ein „Meinungsbild" gewesen sein. Daraufhin erfolgte in der CDU/CSU-Bundestagsfraktion am Dienstag, dem 13. April, eine Aussprache über beide. Offensichtlich hatte Söder das angeregt. Der bayerische Ministerpräsident argumentierte, die „Basis" müsse entscheiden, und da böte sich die gemeinsame Bundestagsfraktion beider Parteien an.

In der Bundestagsfraktion sprachen sich Abgeordnete aus Nordrhein-Westfalen für Laschet und solche aus Bayern für Söder aus. *Der Tagesspiegel* berichtete, Landesgruppen „wie Schleswig-Holstein, Baden-Württemberg oder Brandenburg" tendierten „teils sehr deutlich" zu Söder.[17] Auch die Landesverbände Berlin und Sachsen würden den Bayern favorisieren, war zu hören. Der Ministerpräsident von Schleswig-Holstein wurde anderntags allerdings als Kritiker Söders zitiert, während der Regierungschef in Sachsen-Anhalt die gegenteilige Position eingenommen haben soll. Insgesamt habe in der Fraktion eine Mehrheit für Söder plädiert.

Problematisch wurde der Vorgang von einigen gesehen, weil die Fraktion – wie die anderen Fraktionen ebenfalls – an diesem Tage die

---

17 *Der Tagesspiegel*, Nr. 24506 vom 14.4.2021, S. 1: Laschet und Söder bekämpfen sich.

Vorlage der Bundesregierung für den Entwurf eines Gesetzes zur Vereinheitlichung des Corona-Schutzes in Deutschland zu beraten hatte.

Der Bund wollte angesichts einer „dritten Welle" der Pandemie gegen die Bundesländer eine bundeseinheitliche „Notbremse" durchsetzen. Es ging also auch um das Thema „Zentralismus vs. Föderalismus", und das bewirkte eine Vermischung von Sachthemen mit einer Personalfrage.

Corona prägte den politischen Vorgang der Kandidatenauswahl.

Anne Will

Ende April 2021 wurde Corona in Deutschland wieder gefährlicher. Die Inzidenzzahlen stiegen an, wenn auch regional unterschiedlich. Die Bundeskanzlerin plädierte für eine „Notbremse" vor einer „dritten Welle". Gleichzeitig wurde „auf Teufel komm raus" geimpft, aber bezogen auf die Gesamtbevölkerung eben zu wenig. Das Alter der Bürger bestimmte die Impffreihenfolge, und beim Impfstoff „AstraZeneca" gab es immer wieder Meldungen über Schwächen. Die Akzeptanz sank entsprechend. Zugleich wurde die Möglichkeit von Tests propagiert. Schnelle und auch langsamere Tests stünden zur Verfügung. Es wurde über mögliche Osterreisen nach Mallorca und Ferienaufenthalte im Lande diskutiert. Am besten sollte beides unterbleiben, hieß es amtlicherseits.

In dieser Situation liberalisierten einige Länder das Leben: Nordrhein-Westfalen, das Saarland und Berlin öffneten einige Einrichtungen.

Da trat Angela Merkel am 28. März 2021 bei Anne Will im Fernsehen auf. Sie forderte abermals eine „Notbremse" und kritisierte einzelne Ministerpräsidenten. Notfalls werde der Bund sich über die Länder hinwegsetzen und schärfere Maßnahmen anordnen. Dazu könne auch gehören, eine Ausgangssperre zu beschließen, erklärte die Kanzlerin.

Das war harter Tobak. Offensichtlich war die Autorität der Regierungschefin – zumindest bei einigen Ministerpräsidenten – gesunken. Oder warfen schon die im Herbst anstehenden Bundestagswahlen ihre Schatten voraus?

Abzuwarten blieb, wie es weiter gehen würde. Würde die Kanzlerin ihre Drohung wahrmachen können und andere Seiten aufziehen? Oder war ihr Ansehen im Inland bereits so sehr gesunken, dass die Ministerpräsidenten am Ende als Sieger vom Platze gehen könnten?

Offenblieb, ob die Pandemiebekämpfung wirklich noch oberstes Ziel allen politischen Bemühens war. Sollte die Parteipolitik die Oberhand über die Pandemiepolitik gewonnen haben? Dominierte die Politik die Krise?

Aspiranten

Ende März 2021 – im zweiten Coronajahr – gab es vier Aspiranten auf das im Grundgesetz der Bundesrepublik nicht erwähnte „Amt" eines Kanzlerkandidaten.

Die SPD hatte für 2021 bereits Olaf Scholz, den Bundesfinanzminister und Vizekanzler der Regierung Merkel, als Kanzlerkandidaten nominiert. Scholz war früherer Generalsekretär der SPD und Erster Bürgermeister von Hamburg. In der Corona-Krise war er aufgefallen als ein Finanzminister, der Milliardenbeträge zur Bekämpfung der Pandemie bewilligte.

Da Angela Merkel verkündet hatte, 2021 würde ihre letzte Amtsperiode enden, bereitete sich vor allem die Union auf einen Wechsel im Kanzleramt vor. Nach alter Spielregel sahen viele Beobachter im neuen CDU-Vorsitzenden den „natürlichen" Kanzlerkandidaten, nachdem Angela Merkel auch vom Amte des CDU-Vorsitzenden zurückgetreten war. Die CDU wählte zunächst Annegret Kramp-Karrenbauer, die Ministerpräsidentin des Saarlandes war, zur Parteivorsitzenden. Die trat in die Bundesregierung als Verteidigungsministerin ein.

Aber als Parteivorsitzende reüssierte sie nicht, und so wurde abermals ein neuer CDU-Vorsitzender gewählt.

Nun gab es für das CDU-Amt drei Kandidaten: Armin Laschet (Ministerpräsident in Nordrhein-Westfalen), Friedrich Merz (ehemaliger Vorsitzender der CDU/CSU-Fraktion im Bundestag) und Norbert Röttgen (ehemaliger Minister im Kabinett Merkel). Gewählt wurde schließlich Laschet. Doch der war damit noch nicht automatisch Kanzlerkandidat der Union. Markus Söder – „der Bayer" – strebte, wie berichtet, ebenfalls nach diesem „Amt". Zwischen Ostern und Pfingsten 2021 wollten die Parteien CDU und CSU eine Entscheidung herbeiführen.

In dieser Situation bemerkte Angela Merkel, es sei kein „Weltuntergang", wenn die Union nicht den Kanzler der Bundesrepublik stellen würde. Der Hintergrund dieser Bemerkung war offensichtlich, dass die „Grünen" in der Wählergunst näher an die Union heranrückten, wie Umfragen zeigten. Die Grünen hatten eine „Doppelspitze" mit Annalena Baerbock und Robert Habeck. Auch diese wollten sich vor Pfingsten 2021 entscheiden, wer als Kandidat oder Kandidatin antrete.

Es gab mithin einen Kandidaten – Olaf Scholz von der SPD – und vier Aspiranten – je zwei bei Union und Grünen. Der Vorsitzende der FDP, Christian Lindner, trat nicht an. Auch die „Linke" hielt sich zurück. War lange Zeit die Rede davon gewesen, diesmal werde wohl ein Mann wieder Kanzler, war das nach dem Auftauchen von Frau Baerbock nicht mehr sicher.

Wen also würde der Ruf ereilen:

„Der Nächste, bitte!"?

Oder würde es gar heißen:

„Die Nächste, bitte!"?

Kanzlerkandidaten 2021

Mitte April 2021 – nach Ostern also – nominierten die CDU und CSU einerseits und die Grünen andererseits ihre Kanzlerkandidaten. Dabei wurde gesagt, die Grünen wären auf dem Wege zur Volkspartei, während die Union diesen Status verlieren könnte.[18] Die SPD sei schon aus dem Rennen, denn sie läge bei Umfragen nur noch bei 15 %. Friedrich Merz, der Unionspolitiker aus „NRW" bemerkte dazu, der typische SPD-Wähler vergangener Tage – der kleine Mann von einst – sei größer geworden; die SPD sei aber nicht mitgewachsen.[19]

Bei der Union kämpften die beiden Parteivorsitzenden miteinander – Armin Laschet von der CDU und Markus Söder von der CSU. Beide waren Ministerpräsidenten. Sie lieferten sich bittere Schlachten in verschiedenen Gremien.

Bei den Grünen einigten sich die beiden Parteivorsitzenden Annalena Baerbock und Robert Habeck Berichten zufolge „friedlich".

Es schien eine verkehrte Welt zu sein. Bei der Union herrschte ein Nominierungschaos; bei den Grünen ging es einvernehmlich zu. Bemerkenswert war generell, dass beide Parteigruppierungen ebenso wie die Öffentlichkeit das Nominierungsverfahren mit großer Aufmerksamkeit verfolgten, obwohl der Bundestag nach dem Grundgesetz in seiner Wahlentscheidung frei und keineswegs an Vorheriges gebunden war.

Nach den schließlichen Nominierungen von Frau Baerbock für die Grünen und Herrn Laschet für die Union wurde in den Medien abgewogen, dass die Grünen eine junge Frau (41 Jahre) ohne jegliche Regierungserfahrung ins Rennen schickten, während die CDU/CSU auf den zwanzig Jahre älteren und erfahrenen Ministerpräsidenten des größten deutschen Bundeslandes setze.

Unmittelbar nach den Personalentscheidungen wurden die Grünen in Umfragen vorübergehend stärkste Kraft vor der Union, was neue Spekulationen über künftige Koalitionsbündnisse auslöste. Programmatisch wurden die Grünen als Partei gegen die Klima-

---

18 Hierzu Jürgen Dittberner, *Parteien im Umbruch. Wandel der Parteienlandschaften in Deutschland und anderen Ländern*, Berlin 2018.
19 *Der Spiegel*, Nr. 17 vom 24.7.2021, S. 28.

erwärmung gesehen, die Union als allgemein konservativ-liberal eingestellte Partei.

In dem Wettbewerb zwischen den Grünen und der Union wurde die SPD mit ihrem in Urwahl gefundenen Kanzlerkandidaten weiterhin als chancenlos gesehen.

Kampagnenbeginn

Allmählich kam die Kampagne zur Bundestagswahl 2021 in Gang.

Der Kandidat der Union, Armin Laschet, musste sich in seinem Lager verankern. Zweifel an seiner Befähigung zum Kanzleramt waren nicht erloschen, und die Aufgabe des frisch gekürten Kandidaten war es, die gesamte Union für sich einzuspannen, denn in der Vergangenheit war es immer die Stärke dieser Parteiengruppierung gewesen, hinter einem endlich gekürten Kandidaten geschlossen aufzutreten. Laschet holte sich seinen einstigen Konkurrenten Friedrich Merz in sein Lager. Doch das größte Problem war, dass der Hauptrivale Markus Söder aus Bayern nach wie vor zahlreiche Anhänger hatte. In dieser Phase lag die Union in Umfragen hinter den Grünen, und Laschet stand vor gewaltigen Akzeptanzproblemen. Immer wieder wurde auch er selbst gefragt, ob die Union nicht mit Söder die besseren Wahlchancen hätte.

Allmählich jedoch setzte sich die Einsicht durch, dass ein Kanzlerkandidat nicht nur Wählerstimmen einfangen, sondern auch ein effektiver Bundeskanzler zu werden versprechen müsse. Der Hinweis, Laschet sei schließlich Ministerpräsident des größten deutschen Bundeslandes und habe in Nordrhein-Westfalen bei der letzten Wahl sogar Hannelore Kraft von der SPD geschlagen, half Laschet, sich als Kanzlerkandidat der Union letztendlich zu etablieren, und in Umfragen konnte die Union die Grünen wieder einholen.

Die Kandidatur von Annalena Baerbock für die Grünen löste zunächst einen bundesweiten „Hype" aus. Begrüßt wurde, dass nun doch noch eine Frau als Kanzlerkandidatin auftrat. Sodann war von einem notwendigen Generationenwechsel die Rede. Eine 41-Jährige griff nach der Krone. Dass die Hannoveranerin und Absolventin der „London School of Economics" keinerlei Regierungserfahrung habe, wurde als unerheblich bezeichnet und dass sie Mutter war, wurde ihr angerechnet. Bewundert wurde fortwährend, dass die Grünen – im Gegensatz zur Union – ihre Kandidatin in einem „geordneten" Verfahren erwählt hatten. In den Umfragen übertrafen die Grünen – wie gesagt – zeitweise die Union.

Doch der „Hype" verebbte. Frau Baerbock wurde „kanzlergemäß" zu Sachfragen interviewt und missfiel manchen Medien dabei. Das „Double" der Kandidatin, Robert Habeck, reiste in die Ukraine und forderte „Defensivwaffen" für dieses Land. Unprofessionell sei das, urteilte die Öffentlichkeit damals und lastete das der Kandidatin an, denn Habeck und Baerbock wurden als Einheit gesehen. Dann wurde bekannt, dass die Frau einst – wie andere grüne Funktionsträger auch – von ihrer Partei Zahlungen erhalten und diese dem Bundestagspräsidenten nicht rechtzeitig gemeldet hatte.

Ernüchterung trat ein, und in Umfragen fielen die Grünen wieder hinter die Union.

Derweil begannen die ersten Spekulationen über Koalitionen, und die Frage drängte sich auf, wer in einer schwarz-grünen Bundesregierung – von der damals noch die Rede war – die Führung übernehmen würde.

Der Kanzlerkandidat der SPD, Olaf Scholz, wurde in dieser Phase des Wahlkampfes nicht ernst genommen, weil seine Partei in Umfragen nicht über 20 % hinauskam. Dass er einst durch Urwahl der SPD-Mitglieder gekürt worden war, zählte nicht. Offenbar war diese neue Variante innerparteilicher Entscheidungsfindung fürs Publikum nicht besonders interessant. Im Übrigen wurden dem bisher scheinbar untadeligen früheren Hamburger Bürgermeister als Kanzlerkandidat und amtierenden Vizekanzler neuerdings Vorhaltungen gemacht. So habe er die Unseriosität eines aufgeflogenen Münchner Finanzunternehmens nicht rechtzeitig erkannt und sich an der Nase herumführen lassen.

Sachsen-Anhalt

Am 6. Juni 2021 fanden in Sachsen-Anhalt Landtagswahlen statt – die von da an einzigen vor der Bundestagswahl. Vorab wurde diese Wahl als in mehreren Hinsichten wegweisend bezeichnet:

- Es werde sich erweisen, ob die CDU – bislang stärkste politische Partei auch in Sachsen-Anhalt – überhaupt noch Wahlen gewinnen könne.
- Armin Laschet könne in Magdeburg Ansehen einbüßen, da der dortige Ministerpräsident Reiner Haseloff bei der Unionskür für Markus Söder plädiert habe.
- Das Abschneiden der AfD wurde als Fingerzeig für die Resonanz dieser Rechtspartei gerade im Osten Deutschlands gesehen.
- Auch Annalena Baerbock von den Grünen stehe in Sachsen-Anhalt als Kanzlerkandidatin ihrer Partei auf dem Prüfstand.
- Sachsen-Anhalt werde zeigen, ob sich die generelle Talfahrt der SPD fortsetze.
- Das Abschneiden der Linken werde ein Zeichen für die Stärke dieser SED-Nachfolgepartei sein, nachdem mit der AfD Konkurrenz auf der rechten Seite des Parteienspektrums aufgetreten sei.
- Ob die im Bund gerade sich im Aufwind befindliche FDP strukturell erstarkt sei, werde daran abzulesen sein, ob diese in Magdeburg beim letzten Mal an der Sperrgrenze gescheiterte Partei wieder in den Landtag einziehen werde.

Bei der Wahl schließlich wurde die CDU gestärkt; die SPD verlor heftig, die Linken und die Grünen erschienen als Kleinparteien, und die FDP schaffte den Sprung in den Landtag:

Landtagswahlen in Sachsen-Anhalt (6.6.21; in %)

(Wahlbeteiligung 2021: 61 %)[20]

Wahl	CDU	AfD	SPD	Grüne	Linke	FDP
2021	36,8	21,4	8,3	5,9	11,0	6,4
2016	29,8	16,3	10,6	5,2	16,3	4,9

Nach der Wahl schien festzustehen:

- Die CDU konnte Wahlen gewinnen.
- Der Erfolg der CDU war auch einer von Armin Laschet.
- Der Erfolg der AfD war beachtlich. Aber die Rechtspartei konnte selbst in dem für sie günstigen Bundesland nicht stärkste politische Kraft werden. Es war also weiterhin möglich, die „Rechten" sogar in Magdeburg von der Regierungsverantwortung fernzuhalten.
- Annalena Baerbock und die Grünen konnten in Sachsen-Anhalt nicht reüssieren.
- Die allgemeine Talfahrt der SPD setzte sich in Sachsen-Anhalt fort.
- Die Linken wurden von der AfD als Protestpartei des Ostens abgelöst.
- Die FDP schließlich hatte sich bundesweit offensichtlich erholt, sodass sie sogar in Sachsen-Anhalt in den Landtag kam und dabei die Grünen überholte.

Was diese Landtagswahlen für die Bundestagswahlen im Herbst 2021 bedeuteten, war in Wirklichkeit schwer zu analysieren. Immerhin: Das Selbstvertrauen der CDU wurde offensichtlich gestärkt; die SPD musste ihre strategische Ausrichtung überdenken, die Linke ebenfalls.

Eines allerdings schien klar zu sein: Beim Kanzlerkandidaten war die Union gestärkt, die Grünen mussten sich verbessern, und der SPD

---

20 *Der Tagesspiegel*, Nr. 24557 vom 7.6.2021, S. 1.

schien sich die Frage aufzudrängen, ob sie in dieser „Liga" überhaupt noch eine relevante Rolle spielen konnte.

Grünen-Parteitag

Im Juni 2021 fand in Berlin ein digitaler Parteitag der Grünen statt. Robert Habeck hielt die Eröffnungsrede. Er sprach frei vor einer Handvoll anwesender Zuhörer, entschuldigte die finanziellen und biografischen Schnitzer der Kandidatin und verteidigte das Wahlprogramm seiner Partei, das bekanntlich die Abkehr vom Klimawandel zum Ziel hatte.

Deutschland müsse umgestaltet werden. Das sei die Mission der Grünen. Dazu müsse unter anderem der CO_2-Ausstoß verteuert und die Mineralölsteuer erhöht werden. Habeck sagte, der Staat werde das dadurch hereinfließende Geld nicht behalten, sondern es an die Bürger zurückgeben. Details dazu teilte er nicht mit, so dass es sich um die Absicht für eine klassische Umverteilung gehandelt haben könnte.

Die Kandidatin selbst trat erst am zweiten Tage des Kongresses mit einer langen Rede auf. Die Absicht, die ersten Spritzer aus dem Wahlkampf abzuschütteln, war deutlich. Baerbock erklärte, ihre Partei habe sich vierzig Jahre darauf vorbereitet, Deutschland zu reformieren. Nun sei der Zeitpunkt gekommen.

Die Partei folgte den beiden Vorsitzenden. Zusammen mit Habeck wurde Baerbock mit über 98 Prozent der Stimmen bestätigt und in den Kandidatinnenstatus erhoben.

Es wurde bekannt, dass ein „Medienprofi" engagiert worden sei, um der Kandidatin in der bevorstehenden Kampagne beratend zu helfen. Auf dem Parteitag traten sodann Gastredner auf. Neben grünen Lobby-Aktivisten erschien der einstige Siemens-Manager Joe Kaeser, der sich für Innovationen in der Industrie stark machte.

Die Grünen vollzogen ihre Aufstellung um den Machtkampf in Deutschland, der nun begonnen hatte.

Am 16. Juni 2021 wurde im Internet dieses Umfrageergebnis veröffentlicht:[21]

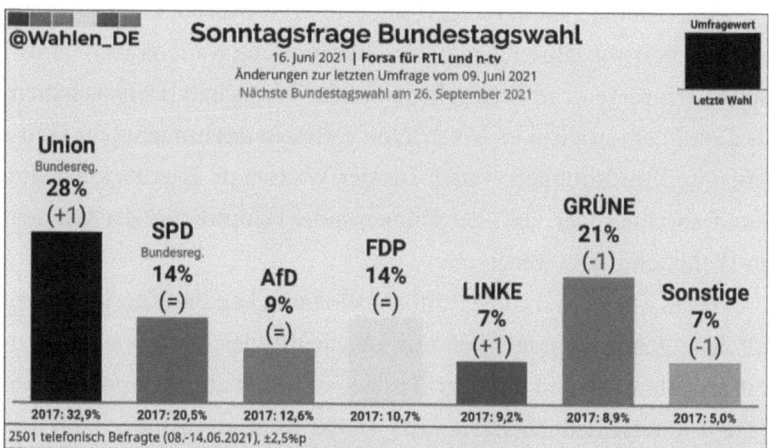

Quelle: https://www.t-online.de

Die Grünen hatten offensichtlich ihren einstigen Vorsprung vor der Union eingebüßt. In der politischen Öffentlichkeit wurde nunmehr über eine Koalition zwischen Union und Grünen unter Führung der Union spekuliert.

Nach dem Parteitag begann für Frau Baerbock der heiße Wahlkampf. Sie äußerte sich in den Medien zu allgemein-politischen Fragen. Bei „Phoenix" beispielsweise wurde sie vor der Abendsendung „Der Tag" ausführlich interviewt. Sie befürwortete einen offenen Wettbewerb zwischen den politischen Parteien und äußerte sich zu den globalen Optionen der USA, Russlands und Chinas. Auffallend war ihre starke Kritik an Russland. Das Pipeline-Projekt „North-Stream 2" zwischen Russland und der Bundesrepublik lehnte sie ab, vor allem mit Hinweis auf die Interessenlage der Ukraine und anderer Staaten. Wie sie sich im Falle einer möglichen Koalitionsbildung nach den Bundestagswahlen verhalten würde, ließ sie indes offen. Jedenfalls wurde klar,

---

21 https://www.t-online.de/. Sonntagsfrage Bundestagswahl 16. Juni 2021. Forsa für RTL und n-tv.

dass sie einer Koalitionsregierung auch beitreten könnte, wenn sie nicht Kanzlerin würde.

Zum Thema „Klimawandel" äußerte Frau Baerbock, die Grünen hätten schon vor Jahren gesagt, eine Bekämpfung weiterer CO_2-Emissionen erfordere neue Technologien in der Wirtschaft. Damals hätten sie diese Position allein vertreten. Nun verträten das immer mehr Menschen und Institutionen – auch aus der Wirtschaft. Baerbock machte damit abermals klar, dass der Klimawandel Hauptthema der Grünen im Wahlkampf sein werde.

Dieses Thema war offensichtlich bei sämtlichen Parteien weit oben auf der Agenda. Es fragte sich nur, ob alle die gleichen Vorstellungen davon hatten, oder ob der Begriff in den unterschiedlichen politischen Lagern unterschiedlich verstanden wurde. Es fragte sich auch, ob der Wahlkampf den Wählern Klarheit hierüber verschaffen oder die tatsächlichen Differenzen verschleiern werde.

Vorwahlkampf

Allmählich setzte im Sommer 2021 der eigentliche Wahlkampf ein. In der Öffentlichkeit wurde überwiegend das Bild verbreitet, es befänden sich neben den Grünen nur noch die Union und die SPD im Wahlkampf – Parteien also, die „Kanzlerkandidaten" nominiert hatten.

Die SPD allerdings wurde dabei abgehängt, weil die Umfragewerte für diese Partei miserabel waren. Der Kandidat Olaf Scholz war zwar angesehen, die hinter ihm versammelte Partei allerdings weniger.

Bei der Union ebbte das frühere Duell Laschet-Söder zwar noch nach, aber Armin Laschet kam immer stärker in den Vordergrund – auch in Konkurrenz zu den anderen Parteien. Es war der Bonus des Ministerpräsidenten des größten deutschen Bundeslandes, es war aber auch die Flexibilität des Kandidaten Laschet bei der Kritik an vermeintlichen Eskapaden des Thüringer CDU-Bundestagsbewerbers Hans-

Georg Maaßen,[22] und es war die Programmatik des CDU-Mannes, die den Klimaschutz zwar einschloss, sich aber darauf nicht beschränkte.

Die Kandidatin der Grünen hingegen geriet wegen ihrer ausgebliebenen Finanzangaben und nunmehr obendrein wegen Plagiatsvorwürfen in einem von ihr veröffentlichten Buch immer stärker in die Defensive. Der Hype um Annalena Baerbock war verflogen, und Laschet hatte sie in der Publikumsgunst Deutschlands überholt. Bei den Grünen kam sogar die Frage auf, ob man die richtige Kandidatin nominiert habe.

Laschet grinst

Im Juli 2021 ereignete sich eine gewaltige Wasserkatastrophe im Westen Deutschlands. Teile von Rheinland-Pfalz, Nordrhein-Westfalen, aber ebenfalls – wenn auch weniger heftig – der Süden Bayerns waren betroffen. Besonders in den westlichen Bundesländern kam es zu hunderten von Toten, und zahllose Häuser wurden demoliert. Lebenswerke wurden ausgelöscht.

Das war die Stunde der Landesministerpräsidenten. Malu Dreyer war vor Ort, und auch Armin Laschet erschien an „seinen" Schreckensorten. Für ihn als Kanzlerkandidat der Union und Ministerpräsident gab es eine doppelte Verpflichtung zur öffentlichen Betroffenheit. Annalena Baerbock besuchte zwar ebenfalls Unglücksorte, aber im Unterschied zu anderen Politikern ohne Öffentlichkeit. Im Fernsehen wurde sie ausführlich interviewt und konnte zu den Themen Klimawandel und Katastrophenschutz sprechen. Später kam sie auf die Formel, dass alles nicht vom Himmel falle und erarbeitet werden müsse.

Der Bundesfinanzminister Scholz versprach finanzielle Hilfen – „unbürokratisch". Auch er besichtigte öffentlich Unfallstellen.

---

22 Maaßen war ehemaliger Präsident des Bundesamtes für Verfassungsschutz, nun Bundestagsbewerber der CDU in Thüringen und fiel durch Äußerungen auf, die als „rechts" bewertet wurden und denen Laschet klar widersprechen sollte, was er nur sehr vage tat.

Laschet war mit anderen Politikern in seinem Bundesland vor Ort. Er wollte als unermüdlicher Kümmerer erscheinen. Einmal jedoch erwischte ihn mit seiner Entourage die Kamera, wie er grinste, als der Bundespräsident erzählte, dass ihm die Katastrophe das Herz zerreiße. Sofort brach in den Medien ein Sturm der Entrüstung über Laschet herein, und er entschuldigte sich für sein Verhalten. Zwar wurde in den Medien allenthalben der „Katastrophentourismus" der Politiker kritisiert; die öffentliche Verwarnung für den Unions-Kanzlerkandidaten jedoch hatte Bestand.

Seine Kandidatur bekam eine Delle.

Außerdem machte ihm die Konkurrenz zu Markus Söder weiterhin zu schaffen. Der bayerische Ministerpräsident trat immer wieder mit Äußerungen an die Öffentlichkeit, die besonders in den Medien als Sticheleien gegen den Kandidaten Laschet interpretiert wurden. So forderte Söder eine Kurskorrektur in der Kohlepolitik, obwohl in Bayern im Gegensatz zu Nordrhein-Westfalen gar keine Kohle gefördert wurde. Dann beanspruchte der Franke „mindestens drei" Ministerposten für die CSU in einem künftigen Kabinett Laschet. Solche Interventionen wurden als ungehörig kommentiert, obwohl sie in der innerparteilichen Willensbildung demokratischer Parteien eigentlich normal waren.

Straßenwahlkampf

Dann hingen sie wieder an den Straßenlaternen.

Sie sahen aus wie Du und Ich; Frau oder Mann, mit oder ohne Brille, blond oder dunkel, alt oder jung, endemisch oder zugezogen – sie gehörten alle irgendwelchen Parteien an, aber deren Logos schienen nicht so wichtig zu sein.

Ganz weit oben an den Laternen hingen die tatsächlichen oder vermeintlichen Extremisten von der AfD. Sie sollten für gegnerische Passanten unerreichbar sein, damit sie Bilder nicht beschädigten, schändeten oder gar zerstörten. Weiter unten hingen die „Normalos" –

Mitglieder gemäßigter Parteien, gegen deren Darstellungen vermutlich kaum jemand vorgehen würde.

Fotos hingen dort, weil die abgebildeten Menschen neu „in die Politik" gekommen waren oder da verbleiben wollten. Diese Menschen buhlten um Sitze in Parlamenten – in Gemeinden oder Bezirken, in den Bundesländern oder in der gesamten Bundesrepublik.

Zumindest in Berlin war das so, denn hier hatte man alle Wahlen zusammengelegt. Die Bewerber durften dort hängen, weil die Obrigkeit des demokratischen Staatswesens das zu bestimmten Zeiten vor und nach allgemeinen Wahlen erlaubte. Ansonsten war so etwas verboten.

Direkt wählen konnten die Bürger diese Personen auf den Wahlplakaten jedoch nicht. Gewählt wurden hauptsächlich Listen von Parteien, auf denen die Namen der abgebildeten Personen standen: Das waren die berühmten „Zweitstimmen", auf die es ankommt. So will es das Grundgesetz. Auf den Plakaten wurden die Logos der Parteien im Laufe der Jahre immer kleiner und die Bilder der auserkorenen Parteimitglieder dominanter. Manchmal entstand der Eindruck, nur gute Mitbürger würden in die Parlamente streben und Parteien gäbe es mittlerweile gar nicht mehr.

Welchen Sinn hatten diese Laternen- oder Baumplakate? Wer wählte für das Parlament X eine bestimmte Person, deren Foto an der Straße genau das bewirkte? Sicher, es hebt das Selbstwertgefühl eines Menschen, wenn sein Bild in erlaubten Zeiten im öffentlichen Raum prangte. Aber deswegen dieser Aufwand?

Was kosteten eigentlich die Straßenplakate? Mittlerweile hatten die Parteien Werbeagenturen, die machten Vorschläge, ließen drucken und kassierten dafür.

Einst waren es Parteimitglieder selbst, die ehrenamtlich Plakate aufhängten. So konnten sie wenigstens etwas für den Wahlkampf tun. Diese Mitglieder waren stolz, wenn die Präsenz ihrer Partei die der Konkurrenten im Straßenbild übertraf. 2021 war das Anbringen jedoch „outgesourct". Das Material für die Schilder wurde industriell gefertigt.

Die Parteien bezahlten alles. Das Geld dafür hatten sie nur zum Teil aus eigenen Einnahmen, zum anderen Teil aus dem Staatssäckel. Die Steuerzahler mussten blechen – oft, ohne es zu ahnen.

Das Ganze nannte sich „Parteienfinanzierung". Die ging von dem Fehlschluss aus, dass das Parteienprivileg des Grundgesetzes den politischen Parteien Steuergelder verspreche. Das ist falsch. Zwar wird den Parteien nach den Erfahrungen aus der deutschen Geschichte besonderer Schutz zugesagt, jedoch bedeutet Schutz nicht Alimentierung.

In der Obhut des Grundgesetzes sollten die politischen Parteien vielmehr die öffentlichen Angelegenheiten debattieren und sie regeln. Die Straßen „verschönern" sollten die Parteien gewiss nicht.

Man könnte auf die Bilder an den deutschen Straßen verzichten – auch vor Parlamentswahlen. Die Straßen sähen so gewiss nicht schlechter aus.

Das Geld für die vielen Plakate ließe sich einsparen, die öffentlichen Zuschüsse auch.

Der Staat könnte das Geld für anderes – etwa die Bekämpfung der Pandemie – ausgeben.

Neues Spiel

Im August 2021 – zu Beginn der „heißen Phase" des Wahlkampfes – änderte sich die deutsche Großwetterlage abermals:

Annalena Baerbock schien sich zu fangen und betonte, sie habe aus den bisherigen Fehlern gelernt. Bei der Hochwasserkatastrophe im Westen Deutschlands verzichtete sie ja bei „Vor-Ort-Terminen" im Unterschied zu ihren Konkurrenten auf Medienbegleitung. Ihr Mitvorsitzender und offensichtlich „stiller Mitbewerber" Robert Habeck gab sich als loyaler Unterstützer ihrer Kandidatur, und der überhastete Abzug deutscher Soldaten aus Afghanistan im Nachgang zu den USA spielte ihr teilweise in die Karten, hatten doch die Grünen schon länger einen Abzug der Bundeswehr vom Hindukusch gefordert. Andererseits war es einst eine rot-grüne Bundesregierung unter Gerhard Schröder gewesen, welche die militärische Besetzung Afghanistans als NATO-Bündnisfall beschlossen hatte.

Allerdings war die Zeit nicht lang hin, bis die Grünen 2022 starke Verfechter von Waffenlieferungen in die von Russland angegriffene Ukraine wurden.

Das alles schlug für die Grünen weder positiv noch negativ zu Buch.

- Armin Laschet erholte sich nicht. Sein Grinsen wurde ihm nicht verziehen, auch wenn er fortan darauf achtete, als ernsthafter „Kümmerer" auf den Fernsehern zu erscheinen. Der Konkurrent aus Bayern stichelte weiter. Das Desaster in Afghanistan wurde besonders der Union angekreidet. Der Wiederaufbau in den Hochwassergebieten erwies sich als kompliziertes, langfristiges und teures Projekt.
- Die Zustimmung in der Wählerschaft für die Union schmolz. Die CSU setzte deswegen eine Krisensitzung an.
- Eine Wahlkampfauftaktveranstaltung der gesamten Union im Berliner „Tempodrom" brachte derweil keine wirkliche Wende zugunsten der CDU/CSU.
- Olav Scholz kam mehr und mehr ins Spiel. Er wurde der mit Abstand beliebteste Kanzlerkandidat, obwohl er anfänglich auf verlorenem Posten gewesen zu sein schien. Als Vizekanzler und Bundesfinanzminister wurde er für kompetent gehalten, auch das Kanzleramt zu meistern. Als sein Manko wurde gesehen, dass er auf der Liste einer Partei kandidierte, deren Führer ansonsten unpopulär waren. Daher betonte er, wer ihn als Kanzler haben möchte, müsse eben SPD wählen.
- Christian Lindner, der Vorsitzende der FDP, rückte nun ins Zentrum der Betrachtungen. Es wurde gesagt, angesichts der

Schwächen der anderen Parteien könne die FDP wieder zum „Zünglein an der Waage" werden. Für möglich gehalten wurde es, dass die FDP in eine „Deutschland-Koalition" (CDU/CSU, SPD, FDP) ginge oder dass sie sogar eine „Ampel" (SPD, Grüne, FDP) anstrebe.

SPD vorn: Kandidatenwechsel bei der Union?

„Emnid" ermittelte am 19. August 2021 folgende Werte: CDU/CSU 22 %, SPD 21 %, Grüne 19 %, FDP 12 %, AfD 11 %, Linke 7 %, Sonstige 8 %.[23] Die Union hatte abgenommen, die SPD zugelegt. Die Bundestagswahl schien wieder offen zu sein. Dann überholte die SPD gar die Union: Eine kleine Sensation schien sich anzubahnen. *Der Tagesspiegel* meldete am 25. August 2021: „SPD liegt in Umfragen erstmals wieder vor der Union." Das „Trendbarometer" des „Forsa"-Instituts hätte für den 24. August 2021 Folgendes ermittelt: SPD 23 %, CDU/CSU 22 %, Grüne 18 %, AfD 10 %, FDP 12 %, Linke 6 %.[24] Wenn auch diese Umfragen nicht immer den allerhöchsten Qualitätsanforderungen der Demoskopie entsprachen, so signalisierten sie doch einen beachtlichen Vorgang: Bewegung im Wahlkampf nämlich.

Ganz offensichtlich hatte die Entwicklung in Afghanistan der Union geschadet. Und Söder stichelte weiter gegen den Kandidaten Laschet. Dessen Autorität innerhalb der Union blieb begrenzt. Vor allem wurde ihm entgegengehalten, dass er keine Wahlkampfstrategie vorgelegt habe, an die sich die Mitglieder der CDU und CSU hätten halten können. Auch dass Angela Merkel nicht tatsächlich vor der Wahl zurückgetreten sei, um einem Unions-Kandidaten die Chance zu geben, einen eigenen Wahlkampf zu führen, wurde bemängelt. Mit der Afghanistanpolitik kamen weitere frühere Entscheidungen Merkels in die

---

23 T-Online-Startseite (Zugriff 23.8.2021).
24 *Der Tagesspiegel*, Nr. 24636 vom 25.8.2001, S. 1.

Kritik, so ihre Flüchtlingspolitik, ihr Ausstieg aus der Atomenergie und ihr Engagement für Elektroautos.

Es war wie eine Götterdämmerung.

Da ereignete sich Ungeheuerliches: eine Mehrheit der Unions-Sympathisanten war für einen Kandidatenwechsel. Söder sollte es machen. Doch der hatte das bereits ausgeschlossen.

Das hatte es in der Geschichte der Bundesrepublik noch nicht gegeben und war Ausdruck der Hilflosigkeit der Union in dieser Phase des Wahlkampfes. Niemand vermochte zu sagen, ob die Verwirklichung dieses „Projektes" überhaupt stattfinden würde. Aber dass diese Idee in die Öffentlichkeit kommen konnte, war Ausdruck einer schweren inneren Krise bei der Union.

TV-Triell

Aus dem bekannten Kandidatenduell im Fernsehen wurde das „Triell". Waren die Bürger bislang darauf eingestimmt, dass die Spitzenkandidaten der beiden großen Parteien – Union und SPD – im „Duell" aufeinandertrafen, so gesellte sich diesmal die Bewerberin der Grünen hinzu. Das erste Triell fand am 29. August 2021 bei „RTL" statt; „ARD" und „ZDF" waren zu späteren Terminen an der Reihe.

Am 29. August 2021 – einem Sonntag – kam die Sendung aus Berlin-Adlershof. Den drei Kandidaten standen – kreisförmig angeordnet – zwei Journalisten – eine Frau und ein Mann – gegenüber. Laschet, Baerbock und Scholz standen jeweils hinter einem Pult, und die Sendung lief ab 20:10 Uhr zwei Stunden lang. Aktuelle Themen wie der Rückzug des Westens aus Afghanistan, die Corona-Pandemie, die Wasserkatastrophe im Westen Deutschlands sowie die Sozial- und Steuerpolitik wurden angesprochen. Profilierte und neue Positionen hierzu entwickelte keiner der Kandidaten. Alles bewegte sich im allgemeinen Politik-Konsensus der Bundesrepublik.

Die abwesende Angela Merkel schwebte wie eine angesehene Erblasserin über allem.

Olaf Scholz, der Vizekanzler und Bundesfinanzminister, erschien als Gralshüter der amtierenden Regierungschefin. Er wirkte wie Merkels Hofmeister, und die Zuschauer mussten sich fragen, was dieser Mann eigentlich mit seiner Partei – der SPD – gemein hatte. Das schien das Grundproblem des Kandidaten Scholz zu sein. Doch niemand sprach ihn darauf an.

Von Armin Laschet wurde erwartet, dass er sich endgültig als unumstrittener Kandidat der Union präsentierte. Dazu hatte er sich bestimmte Vorgänge wie gelegentliches Abstimmungsverhalten der Grünen oder spezifische Ressortentscheidungen bei Olaf Scholz gemerkt und trug diese kritisch vor, weil er sie problematisch fand. Doch er wirkte pointenhaft, wie ein unbekümmerter Plauderer aus dem Rheinland.

Annalena Baerbock – die Frau in der Mitte zwischen Scholz und Laschet – warb offensichtlich für eine andere Klientel als die beiden Herren. Sie gehörte nicht nur dem anderen Geschlecht, sondern auch einem anderen – jüngeren – Jahrgang an. Ihre mannigfachen Interventionen bei den Ausführungen eines der beiden „Staatsmänner" wirkten spontan, obwohl sie doch einstudiert gewesen sein mussten. Sie nahm Wörter wie „Schulranzen" in den Mund und richtete sich damit eben an eine andere Klientel als der Vizekanzler oder der Ministerpräsident. Zweifellos sprach sie viele der jüngeren Wählerinnen und Wähler an.

Nicht geäußert hatten sich die Kandidaten zu Koalitionsoptionen und zu den Teams, die sie um sich scharen wollten. Scholz und Laschet kamen sich mit unterschiedlichen Begründungen für ihre gemeinsame Ablehnung der Linkspartei in die Wolle.

Nicht angesprochen wurde die Verfassungslage der Bundesrepublik Deutschland. Die parlamentarische Demokratie kennt ja gar keinen „Kanzlerkandidaten". Dass dieser Widerspruch zwischen Verfassungstheorie und -wirklichkeit nicht angesprochen wurde, ist ein Versäumnis der Fernsehsender. Überhaupt hätte problematisiert werden können, dass Parteien ohne Kanzlerkandidaten hier nicht zum Zuge gekommen waren.

Anderntags urteilten die Medien, das TV-Triell hätte keinen „klaren Sieger" gebracht.[25] Das hieße aber auch, dass Laschet bleiben durfte.[26]

Der Unions-Kandidat wurde erneut auf die Reise geschickt, dem SPD-Mann hing seine Partei wie ein Klotz am Bein, und die Grünen-Kandidatin musste mit ihrem Amateurprofil weiter für Wählerstimmen kämpfen.

Merkel – Scholz/Laschet – Merz

Am 29. Oktober 2018 hatte Angela Merkel nach einem für die CDU schlechten Wahlergebnis in Hessen ihren Rücktritt vom Amt der CDU-Vorsitzenden verkündet; Bundeskanzlerin aber wollte sie – wie berichtet wurde – bis nach der Wahl 2021 bleiben.[27]

So geschah es.

Olaf Scholz, der SPD-Kandidat und Vizekanzler überrundete dabei seinen Konkurrenten Laschet von der Union an demoskopisch ermittelter Beliebtheit bei den Bundesbürgern. Er schaffte das, indem er sich bei öffentlichen Auftritten als loyaler Sachwalter der Kanzlerin darstellte. Die hatte angekündigt, sich nicht in den Wahlkampf einmischen zu wollen. So entstand die merkwürdige Situation, dass der SPD-Mann der immer noch amtierenden CDU-Kanzlerin näherzustehen schien als der mit Scholz konkurrierende CDU-Kandidat.

Da rückte Angela Merkel von ihrem einstigen Vorsatz, sich nicht einmischen zu wollen, ab. Sie erklärte, zwischen ihr und Scholz gäbe es einen „gewaltigen Unterschied". Dabei bezog sie sich auf ihrer beider Verhältnis zur Linkspartei. Scholz hatte im Triell erklärt, mit der

---

25   TV-Dreikampf ums Kanzleramt ohne klaren Sieger; in: *Der Tagesspiegel*, Nr. 2461 vom 30.8.2021, S. 1.
26   TV-Triell. Unentschieden für Laschet, ebenda.
27   S. Not und wendig; in: *Der Tagesspiegel* Nr. 24644 vom 2.9.2021, S. 3.

Linkspartei würde er im Falle eines Wahlsieges nur koalieren, wenn die ein Bekenntnis zur NATO abläge. Dazu sagte Merkel: „Mit mir als Bundeskanzlerin würde es nie eine Koalition geben, in der die Linke beteiligt ist. Und ob dies von Olaf Scholz so geteilt wird oder nicht, das bleibt offen."[28]

Das Wahlergebnis

Im Bund

Am 26. September 2021 fanden die Bundestagswahl und zugleich je eine Landtagswahl in Berlin und in Mecklenburg-Vorpommern statt. Die Ergebnisse im Bund bestätigten das Ende der Großparteien – die in der Publizistik noch immer „Volksparteien" genannt wurden:[29] Die SPD kam bei den Zweitstimmen auf 25,7 %, die CDU auf 18,9 %, die Grünen auf 14,8 %, die FDP auf 11,5 %, die AfD auf 10,3 %, die Linke auf 4,9 % und die CSU auf 5,2 % (Sonstige 8,6 %).

Daraus ergab sich folgende Sitzverteilung: Insgesamt erreichte der Bundestag 735 Sitze. Die CDU erhielt 151 (−49), die CSU 45 (−1), die SPD 206 (+53), die AfD 83 (−11), die FDP 92 (+12), die Grünen 118 (+51), die Linke 39 Sitze und der SSW 1. Die Union verlor mithin 50 Mandate, während die SPD 53 hinzugewann. Auch die Grünen und die FDP konnten sich als Gewinner fühlen. Das war ein politischer Umschwung, der neue Perspektiven eröffnete!

25,7 zu 24,1! Die SPD hatte gewonnen. Von 14 % hatte sie sich auf über 25 % gesteigert. Offensichtlich hatte sie das ihrem Kanzlerkandidaten zu verdanken, der die Partei hochzog. Olaf Scholz hatte unter den drei Kandidaten im Wahlkampf die meisten Umfragestimmen für sich gewonnen.

---

28 Merkel: ‚Gewaltiger Unterschied' zu Scholz; in: *Der Tagesspiegel*, Nr. 24643 vom 1.9.2021, S. 1.
29 https://www.bundeswahlleiter.de (Zugriff 7.10.2021).

Dabei waren die großen Zeiten der SPD vorbei. Das lag nicht an fehlender Innovationskraft nachrückender Politiker, sondern an Veränderungen der Gesellschaft. Schon lange gab es die alte Klassengesellschaft nicht mehr, in der die Sozialdemokratie politischer Arm der Arbeiterklasse war. Viele einst geforderten Rechte der Arbeiterschaft waren mittlerweile – oft sogar durch die Regierungspolitik der CDU/CSU in Bonn – erreicht: so die Gleichheit aller Menschen vor dem Gesetz, das Wahlrecht für alle mit dem Grundsatz „one man, one vote", das Frauenwahlrecht, die soziale Absicherung jeder Person. Die Arbeiterschaft als soziale Klasse existierte nicht mehr, und die Mitgliederschaft der SPD strukturierte sich neu. Der Anteil von Beamten, Angestellten und Akademikern unter den Mitgliedern der SPD wuchs, und die „Arbeiter" mutierten mehr und mehr zu versorgten Angestellten. 2021 war es der Kanzlerkandidat der SPD, der als Persönlichkeit mehr individuelles Vertrauen gewann als die Konkurrenten der anderen Parteien. Das heißt zugleich, dass das Wahlergebnis von 2021 fragil war und sich bei der nächsten Wahl nicht wiederholen muss.

Der Nimbus beider „Volksparteien" der Bonner Republik war dahin.[30]

Beide großen Parteien vermochten jeweils nur ein Viertel des Wahlvolkes hinter sich zu bringen.

Was mit der Union und mit Laschet geschah, verhielt sich jedoch nicht spiegelverkehrt zur SPD. Die Union war nie eine Klassenpartei. Für ihren Niedergang sind andere Faktoren verantwortlich. Zwar hatte gewiss auch der Kandidat seinen Anteil, aber es kam hinzu, dass die Ursachen für den einstigen Erfolg der Union verblasst waren. Es war keine Innovation mehr, dass die Konfessionen, dass Stadt und Land, dass ehemalige Nazis – die ohnehin immer weniger wurden – und

---

30　Kurt Sontheimer/Wilhelm Bleek, *Grundzüge des politischen Systems der Bundesrepublik Deutschland*. Völlig überarbeitete Neuausgabe, München/Zürich 1997 sowie Klaus von Beyme, *Die parlamentarische Demokratie. Entstehung und Funktionsweise. 1789–1999*, 3., völlig neubearbeitete Auflage, Wiesbaden 1999.

Nichtbelastete zusammengingen. Diese Integration aber war die eigentliche Innnovation durch die „Union" in der Ära Adenauer. Auch schreckte die SPD seit dem „Godesberger Programm" und seit den „Hartz"-Gesetzen Wähler nicht mehr ab. Durch den Atomausstieg, die Zuwanderung, die heimliche Mutation der „Bundeswehr" zu einer Art Friedenstruppe und durch die Zerschlagung der alten Unions-Elite hatte Angela Merkel obendrein die alte Union pulverisiert. Zudem fand die Partei zu den aktuellen Themen der Klima- und Coronabedrohung offensichtlich keinen rechten Zugang.

Viele junge Wähler dockten bei den Grünen und bei der FDP an: die Klimabeseelten bei den Grünen, die marktwirtschaftlich Orientierten und manche Coronaskeptiker offensichtlich bei den Freien Demokraten.

Es passte ins Bild, dass die Protestparteien AfD und Linke verloren hatten. Die Linken konnten sich nur durch Direktmandate in den Bundestag retten, und entgegen dem allgemeinen Trend bauten die „Rechten" im Innern der einstigen DDR ihre Bastionen sogar aus.

Die Grünen und die FDP fühlten sich als Gewinner der Wahl. Sie führten Zweiergespräche über ihre Regierungsabsichten. Dabei taten sie anfangs, als stünde neben einer „Ampel" (SPD/Grüne/FDP) auch „Jamaika" (Union/Grüne/FDP) zur Debatte. Doch es lief auf die „Ampel" hinaus. Hatte der schlaue Olaf Scholz zunächst die schwierigsten Partner zu Gesprächen verdonnert, um im Falle einer Einigung der beiden am Ende auch die eigene Partei disziplinieren zu können?

In Berlin und Mecklenburg-Vorpommern

Die beiden zugleich mit den Bundestags- durchgeführten Landtagswahlen bestätigten den aktuellen Vorsprung der SPD vor der Union. Es waren ebenfalls Personenwahlen.

Bei den Abgeordnetenhauswahlen in *Berlin* erzielten die SPD 21,4, die CDU 18,1, die Grünen 18,9, die AfD 8,0, die FDP 7,2 und die Linke

14,0 %.[31] Die SPD-Spitzenkandidatin Franziska Giffey, bislang Familienministerin im Bund und dort wegen einer Plagiatsaffäre demissioniert, hatte die Nase vorn. Sie wollte Regierende Bürgermeisterin werden und strebte eine Ampelkoalition an. Offenblieb allerdings, ob die Linke ausgerechnet in Berlin – wo sie stark war – ausgebootet werden konnte.

Die Berliner SPD favorisierte zudem eine Fortsetzung der bisherigen Koalition unter Michael Müller (SPD), wie sie mit den Grünen und den Linken bestanden hatte.

Nach der Wahl stellten sich zahlreiche Merkwürdigkeiten heraus. In manchen Wahllokalen fehlten Stimmzettel, nichtwahlberechtigten Jugendlichen wurden Stimmzettel für die Bundestags- und Landtagswahlen ausgehändigt, und in einem Bezirk wurde eine Wahlbeteiligung von 150 % angegeben. Zeitgleich mit den Wahlen führte die Stadt ein Marathonrennen durch. Manche Wege zu Wahllokalen waren dadurch versperrt.

Die Landeswahlleiterin trat nach all dem zurück. Der noch amtierende rot-rot-grüne („alte") Senat von Berlin sah jedoch keinen Anlass für Nachwahlen. Dann legte die ehemalige Wahlleiterin nach und brachte die Sache vor Gericht. Über den Ausgang eines Verfahrens wurde zunächst nichts bekannt.

Auf Druck der SPD erklärte Frau Giffey, sie strebe nun doch eine Koalition zwischen SPD, Linken und Grünen an. In der Öffentlichkeit kam das nicht gut an. Frau Giffey sah sich genötigt, ihre perspektivische Entscheidung zu Gunsten einer „Jamaika"-Koalition öffentlich zu verteidigen.[32] Der frühere Regierende Bürgermeister Klaus Wowereit setzte noch einen drauf und kritisierte die Ineffektivität der Berliner Verwaltung. Dabei hatte doch gerade er diese Ineffektivität durch seine Sparpolitik herbeigeführt. Die noch nicht gewählte Bürgermeisterin

---

31 Wikipedia.org (Zugriff 7.10.2021).
32 S. *Der Tagesspiegel*, Nr. 24689 vom 17.10.2021, S. 1: Giffey verteidigt Gespräche über Rot-Grün-Rot.

Giffey forderte daraufhin eine „Gute Verfassung" mit mehr Durchgriffsrechten des Senats gegenüber den Bezirken unter Beibehaltung der Zweistufigkeit der Hauptstadtverwaltung. Hatte Wowereit auf der einen Seite die Einstellung hochbezahlter Spezialkräfte für die Bezirke gefordert, so streichelte Giffey das existierende Personal mit der Betonung einer angeblichen Großartigkeit derer Jobs an der Spree.

Mitte November ereignete sich mehr Merkwürdiges bei der Senatsbildung. Die örtliche und regierungswillige FDP tat, als wolle sie der Kandidatin Giffey zur Hilfe eilen, indem sie durch einen Antrag im Berliner Abgeordnetenhaus und durch Verlautbarungen die Ziele Giffeys aus dem Wahlkampf hervorhob und die Sozialdemokratin insbesondere beim Wohnungsbau und in der Verkehrspolitik unterstützte. Gerade hier taten sich Schwierigkeiten der einstigen Kandidatin mit ihren gewollten Koalitionspartnern von den Grünen und Linken auf. Sollte Giffey eine Regierende Bürgermeisterin werden, welche die FDP als Bande zur Zähmung der eigenen Koalitionspartner nutzen würde?

Besonders knirschte es in der Enteignungsfrage und beim Thema Stadtentwicklung. Die Linke und die Grünen wollten das positive Ergebnis eines Volksentscheids über eine Teilenteignung von Wohnungsgesellschaften offensichtlich umsetzen, die SPD weniger. Die Partner kamen nicht richtig weiter. Daraufhin sollte eine Kommission eingesetzt werden, welche die politischen und juristischen Probleme einer Enteignung noch einmal darlegen sollte. So hätte sich das Parteienbündnis über die Zeit retten können.

Doch gelang es den Verhandlern nicht, die Besetzung und den Auftrag der Kommission, die sie dennoch einsetzten, zu definieren. Auch die Finanzierung zahlreicher Vorhaben in der Verkehrs- und Stadtentwicklungspolitik blieb ungeklärt. Verkehrsprojekte wurden auf die lange Bank geschoben, indem ihnen Machbarkeitsstudien und umfangreiche Planungen vorangestellt wurden.

Zudem beantragten Delegierte der Linken beim Landesvorstand einen Sonderparteitag, um über den Stand der Koalitionsverhandlungen zu diskutieren, bevor die Mitglieder der Partei über die Vereinbarungen der Koalition entscheiden würden. Andererseits kamen die Verhandlungen voran, denn es wurde bekannt, dass der Klimaschutz „Querschnittsaufgabe" der Senatspolitik werden solle und dass Berlin bis 2029 aus der Kohle „aussteigen" wolle.[33] Frau Giffey betonte im November 2021, es müssten jetzt Entscheidungen für das Leben von 3,9 Millionen Menschen in den kommenden fünf Jahren getroffen werden, und da könnten sich die verhandelnden Parteien Zeit lassen. Es ginge zunächst um die Verkehrspolitik und das Finanzwesen.

Ende November 2021 einigten sich die Stadt-Koalitionäre unter Führung der Sozialdemokratin Giffey. Die Einigung zwischen den alten und neuen Koalitionären hatte sich im Verhältnis zu ihren eigenen Planungen etwas verzögert, aber am 28. November 2021 war der Koalitionsvertrag ausgehandelt und erste Ämterzuweisungen erfolgten: Franziska Giffey, designierte Regierende Bürgermeisterin, verkündete das „Werk" und den Stand der Personalien. Der Vertrag hatte 149 Seiten und stand unter dem Slogan „Zukunftshauptstadt Berlin – Sozial, Ökologisch, Vielfältig, Wirtschaftsstark". Viele Themen der Stadtpolitik wie Mieterschutz, Bauen, Mobilität, Schulen und Kitas, Verwaltung, Wissenschaft, Gesundheit, „Vielfalt", auch Wirtschaft, Personal und Finanzen wurden angesprochen. Meist wurden bereits begonnene Projekte verstärkt; das konkrete Handeln sollte die Zukunft bringen. Über die Finanzierung war wenig Konkretes zu lesen.

Frau Giffey wollte kein Fachressort übernehmen wie etwa ihr Vorgänger, der für den Bereich Wissenschaft zuständig gewesen war. Angesichts der Plagiatsaffäre wäre das wohl zu riskant gewesen. Das neu geschaffene Ressort „Gesundheit und Wissenschaft" sollte zunächst an die einstige Spitzenkandidatin der Grünen, Bettina Jarasch, gehen.

---

33 S. *Der Tagesspiegel* Nr. 24721 vom 18.11.2021, S. 10: Koalition will Kohleausstieg bis 2029 sowie: Verhandlungsfrust/Linke steht vor einem Sonderparteitag.

Diese überraschte jedoch. Anfang Dezember 2021 hieß es plötzlich, Bettina Jarasch wollte das Ressort für Verkehr und Klimaschutz „selbst". Der Posten einer Senatorin für Wissenschaft und Gesundheit wurde der Kasseler Dezernentin Ulrike Gote gegeben. Gote sollte ein Amt übernehmen, wo einerseits ihre SPD-Vorgängerin in der Gesundheitspolitik bei der Impfkampagne bundesweit geglänzt hatte und wo andererseits die designierte Bürgermeisterin als Plagiatorin nicht in die Fußstapfen ihres Vorgängers treten konnte. Von Kassel aus, war zu erfahren, wollte Gote als Pendlerin ihr neues Berliner Amt führen. Als Finanzsenator sollte der wenig bekannte „Finanzexperte" Daniel Wesener in den Senat einrücken.[34]

Der Spitzenmann der Linken, Klaus Lederer, wurde wieder Senator für Kultur, und das wenig begehrte Ressort „Bildung, Jugend, Familie" ging an die SPD. Die drei Koalitionsparteien mussten den Vereinbarungen zustimmen.[35]

Anfang Dezember 2021 landeten die Linken einen Coup, als sie die ehemalige Vorsitzende der Partei, Katja Kipping, als Berliner Sozialsenatorin vorschlugen.[36]

Am 18. Dezember 2021 gaben die Linken in Berlin der Neuauflage der alten Dreierkoalition ihr Placet: Stolz verkündeten sie um 17:21 Uhr: „Klares Ja der LINKEN-Mitglieder zum Koalitionsvertrag." 74,9 % der stimmberechtigten Parteimitglieder waren dafür, 22,4 % hatten mit „Nein" votiert. Frau Giffey freute sich. Aus der Berliner Opposition kamen kritische Stimmen.[37]

---

34 *Der Tagesssspiegel*, Nr. 24743 vom 10.12.2021; S. 10: Hilfe aus Hessen.
35 *Der Tagesspiegel*, Nr. 24722 vom 30.11.2021, S. 2 und 3: Sie sind gesetzt ... und sie sind im Gespräch/Die Allererste/So soll's was werden.
36 *Der Tagesspiegel*, Nr. 24735 vom 2.12.2021, S. 1: Kipping soll Sozialsenatorin werden. S. auch *Der Spiegel*, Nr. 2 vom 8.1.2022, S. 26 f: Endlich regieren. – Der Wechsel von Frau Kipping ins Berliner Rote Rathaus wird im *Spiegel* als Flucht der ehemaligen Vorsitzenden aus den Querelen der Linken-Fraktion im Bundestag dargestellt.
37 *Der Tagesspiegel*, Nr. 24741 vom 18.12.2021, S. 7: Linke sagt Ja zu Rot-Grün-Rot.

Danach warb die Vorsitzende der Berliner Grünen bei ihren rund 8000 Parteimitgliedern um Zustimmung für die abermalige Installation von „R2G" (so das Berliner Kürzel für die Senatskoalition aus SPD, Grünen und Linken). Das Bündnis sei ein „Wagnis", bei dem die Grünen „Kröten" schlucken mussten. „Aber das, was wir erreichen können, ist es wert, es zu versuchen", sagte die Landesvorsitzende.[38] Mit 96,4 % stimmte ein Landesparteitag der Grünen der Koalition zu und benannte zugleich das grüne Personal.

Die SPD stimmte brav und solide ebenfalls für den Vertrag. Auf einem Landesparteitag am 5. Dezember 2021 votierten 91,5 % der Delegierten dafür. Die endgültigen Voten der Grünen und der Linken sollten folgen. Am 21. Dezember 2021 sollte Frau Giffey zur Regierenden Bürgermeisterin gewählt werden.[39]

Stolz präsentierten die Grünen dann allen Unkenrufen zum Trotz ihr überraschendes Trio für den geplanten Senat: Bettina Jarasch als Senatorin für Verkehr, Klima- und Verbraucherschutz, Ulrike Gote aus Kassel als Dezernentin für Gesundheit und Wissenschaft. Daniel Wesener sollte das Finanzressort übernehmen.[40]

Am 21. Dezember 2021 wurde Giffey zur Regierenden Bürgermeisterin von Berlin gewählt und konnte mit dem neuen Berliner Senat ihre Aufgaben anpacken. Die 43 Jahre alte SPD-Politikerin erhielt 84 Stimmen im Abgeordnetenhaus. Von den anwesenden Koalitionären hatten ihr offensichtlich drei ihre Stimme nicht gegeben.[41]

Während die entsprechenden Parteien sich weiterhin mühten, die bisherige – nicht besonders populäre – rot-rot-grüne Landesregierung zu reanimieren, konstituierte sich das Abgeordnetenhaus Anfang

---

38   *Der Tagesspiegel*, Nr. 24738 vom 5.12.2021, S. 1: Berliner Linken-Spitze wirbt für rot-grün-rotes „Wagnis".
39   *Der Tagesspiegel*, Nr. 24739 vom 6.12.2021, S. 8: Die SPD sagt Ja.
40   *Der Tagesspiegel*, Nr. 24750 vom 7.12.2021, S. 9: Das grüne Trio für die Super-Ressorts.
41   *Der Tagesspiegel*, Nr. 24755 vom 22.12.2022, S. 7: Du bist die, die das kann.

November. Zum Präsidenten wurde der 44-jährige SPD-Abgeordnete Dennis Buchner aus Berlin-Pankow gewählt.

Zur gleichen Zeit bildeten sich in den Berliner Bezirken die Bezirksämter neu. Sie wurden mit je einem „Bezirksbürgermeister" und mehreren Fachdezernenten („Stadträte") nach den jeweiligen Stärkeverhältnissen der Fraktionen in den „Bezirksverordnetenversammlungen" („BVV"en) bestimmt und sind an den Senat von Berlin weisungsgebunden. Im Bezirk Pankow waren die Grünen die stärkste Fraktion; gewählt wurde aber ein Linker als Bürgermeister. Die Vermutung war, dass dies unter anderem mit AfD-Stimmen geschehen war.

In *Mecklenburg-Vorpommern* gab es folgendes Ergebnis: CDU 13,3, SPD 39,6, Grüne 6,3, AfD 13,1, Linke 9,9, FDP 5,8 %.[42] Wahlsiegerin war eindeutig Manuela Schlesig von der SPD. Sie konnte sich ihre landespolitische Zukunftsoption aussuchen. Die frühere Bundesministerin war im Lande sehr beliebt, und als Befürworterin der umstrittenen Gaspipeline aus Russland populär. Die Pipeline war zu dieser Zeit fast fertiggestellt, und die sich bis dahin finanziell benachteiligt fühlende Ukraine sollte abgespeist werden.

Das waren die Planungen, bevor im Februar 2022 der Ukraine-Krieg ausbrach. Nun wurde die Pipeline als eine Sanktion gegen Russland gestoppt, und das Ansehen der Manuela Schlesig sank. Aber in Mecklenburg-Vorpommern war alles vor dem Krieg gelaufen.

Die Wahlsiegerin Manuela Schlesig von der SPD strebte nämlich selbstverständlich erneut das Amt einer Ministerpräsidentin an. Sie favorisierte dazu eine Koalition mit den Linken. Dazu kam es Anfang November 2021.

Für vorübergehendes Störfeuer aus Berlin sorgte Annalena Baerbock, die seinerzeit – wenn auch zunächst erfolglos – forderte, die Betriebsgenehmigung für die Pipeline aus Russland zu versagen.

---

42 Wikipedia.org (Zugriff 8.10.2021).

Manuela Schlesig wurde dennoch als Ministerpräsidentin in einer SPD-Linken-Koalition Mitte November vom Landtag wiedergewählt. Zwei Koalitionäre verweigerten ihr die Stimme.

Im Folgenden erwies Schlesig sich bundesweit als loyale Interpretin der Ampelkoalition in Berlin unter Olaf Scholz.[43]

Verhandlungen

Zwar hofften Armin Laschet und die CDU unmittelbar nach der Wahl noch, eine Chance für eine Regierungsbildung zu haben, doch das erwies sich als Illusion. Die neuen Lager gingen schließlich ihrer Wege. Während sich CDU/CSU nach und nach auf die Oppositionsrolle einstellte, veranstalteten SPD, Grüne und FDP ein Verhandlungstheater. Zunächst trafen sich FDP- mit Grünen-Vertretern. Dann kam es am 12. September 2021 zu einem Dreiertreffen mit der SPD, der FDP und den Grünen. Während Olaf Scholz danach zu einer Regierungskonferenz nach Washington flog, hatten die drei zurückgebliebenen Generalsekretäre die Aufgabe, das bislang Besprochene zu Papier zu bringen, um nach der Rückkehr des Kanzlerkandidaten „echte" Koalitionsverhandlungen aufnehmen zu können. Scholz indes wäre während seines Aufenthaltes in der amerikanischen Hauptstadt gern von Präsident Biden im Weißen Haus empfangen worden, doch der tat ihm diesen Gefallen nicht. Über Deutschland blinkte schon die „Ampel", und die einstige Alternative dazu – „Jamaika" – verschwand medial hinter dem Horizont.

Es war bemerkenswert, wie schnell die Meinung umgeschlagen war. Bis zum Wahltag galten die Grünen und die FDP sich selbst und allen Beobachtern spinnefeind. Besonders die FDP wurde verspottet, und genüsslich wurden den Grünen alle Fehler ihrer Kampagne aufgetischt. Doch auf einmal sollten nach der Wahl Schuldenbremse und

---

43 *Der Spiegel*, Nr. 49 vom 4.12.2021, S. 20f.: Die Impfpflicht ist ein scharfes Schwert.

keine Steuererhöhungen mit öffentlichen Milliardeninvestitionen kompatibel sein. Eine Zäsur schien sich abzuzeichnen.

Es entstand ein ungewohntes Bild. Die „Ampel"-Parteien verhandelten miteinander, und die Union war außen vor – konnte sich nur noch mit sich selbst beschäftigen. In Washington prüfte derweil der noch amtierende deutsche Finanzminister mit seinen Kollegen aus anderen Staaten, wie viele Milliarden Euro Deutschland von den Abgaben jener international agierenden Unternehmen abbekäme, die die Weltgemeinschaft künftig zur Kasse bitten wollte.

Kaum wieder in Berlin, war Olaf Scholz schon am 15. Oktober 2021 zu sehen, wie er mit Grünen und FDP verhandelte. Die drei Parteien hatten ihr Positionspapier erarbeitet, auf dessen Grundlage am 18. Oktober 2021 Koalitionsverhandlungen starten sollten.

In den Vorgesprächen schien sich die FDP in vielem durchgesetzt zu haben: Ein generelles Tempolimit von 130 km/h sollte nicht kommen, Steuererhöhungen sollte es nicht geben und die Schuldenbremse beachtet werden. Allerdings wurde auch eine Klimaverbesserung durch öffentliche Investitionen angestrebt, was über Nebenhaushalte[44] finanziert werden sollte. Der Kohleausstieg sollte vorgezogen und die Renten gesichert werden. Verbrennungsmotoren sollten ab 2036 nicht mehr zugelassen werden. Außerdem sollte die Drogenpolitik gelockert werden.

Über Personen und Posten wurde angeblich nicht geredet.[45] Doch schon vor Aufnahme offizieller Koalitionsverhandlungen meldeten sich Amtsträger der FDP als auch der Grünen, die für Christian Lindner beziehungsweise für Robert Habeck das Amt des Finanzministers forderten.[46] Vor allem seitens der FDP wurde als Kompensation ein

---

44 „Nebenhaushalte" bestehen neben dem vom Bundestag beschlossenen Bundeshaushalt und regeln die Finanzen nachgeordneter Einrichtungen wie etwa von Bundesämtern.
45 *Der Spiegel*, Nr. 42 vom 16.10.2021.
46 *Der Tagesspiegel*, Nr. 24689 vom 17.10.2021, S. 1: FDP beansprucht Finanzministerium in Ampel-Koalition.

Umwelt- und Klimaministerium in Verbindung mit der Vizekanzlerschaft ins Spiel gebracht, und Habeck sollte diesen Posten besetzen. Der schien dazu bereit zu sein.

Auch über die weitere parteipolitische Besetzung künftiger Regierungsämter erfuhr die Öffentlichkeit einiges. Eines der beliebtesten Spielzeuge aller Politiker – das „Personalkarussell" – begann sich zu drehen. Doch der Präsident – oder die Präsidentin – des Bundestages sollten vor den Bundesministern bestellt werden. Die Frage kam auf: Können Bundeskanzler, Parlamentspräsident und Bundespräsident alle aus der gleichen Partei – der SPD – kommen? Dagegen forderten Frauen in der SPD, mindestens eines der drei höchsten Staatsämter müsse mit einer Frau besetzt sein. Spekuliert wurde, ob die Grünen-Abgeordnete Katrin Göring-Eckardt neue Bundespräsidentin werden könne. Dann, am 20. Oktober 2021, ging der Name Bärbel Bas über die Ticker. Die 53-jährige SPD-Bundestagsabgeordnete aus dem Ruhrgebiet wurde von ihrer Fraktion als Bundestagspräsidentin nominiert.

Was mochte da noch alles hinter den Kulissen geschachert worden sein?

Alles lief auf eine „Ampel" im Bund hinaus. Aus der Wirtschaft kamen erste kritische Stimmen zur geplanten Haushaltspolitik. Investitionen zugunsten einer weiteren Digitalisierung und mehr Klimaschutz ohne Steuererhöhungen gingen nicht, hieß es.

Doch die Gremien der „Ampelparteien" stimmten der Aufnahme von Koalitionsverhandlungen zwischen SPD, Grünen und FDP nacheinander zu. Noch vor Weihnachten 2021 solle die neue Koalition stehen, hieß es.

Die Parteien stellten sich auf. Die SPD plante 22 Verhandlungsgruppen mit einem „Kernteam" an der Spitze, dem Olaf Scholz, Saskia Esken, Norbert Walter-Borjans, Rolf Mützenich, Malu Dreyer sowie Lars Klingbeil angehörten. Die Gruppen orientierten sich an Sachthemen; eine „AG Bauen und Wohnen" sollte von Kevin Kühnert geleitet werden.[47] Die Verhandlungen gingen in die Breite. Insgesamt bastelten ab 21. Oktober 2021 etwa 500 Menschen an der „Ampel". Am 22. Oktober 2021 war wieder Freitag, und „Fridays for Future" setzten den Verhandlern Ziele. Deutschland brauche einen frühzeitigeren Ausstieg aus Kohle, Gas, den Verbrennungsmotoren und müsse jedes Jahr mindestens 14 Milliarden Euro an ärmere Länder der Welt zur Verbesserung deren Klimas überweisen.

Die Verhandlungen verkeilten sich zu Beginn der großen Runden:

1. Die FDP machte immer deutlicher, dass Christian Lindner Finanzminister der neuen Regierung werden solle.
2. Die Grünen pochten auf ein „Reißverschlussprinzip", nach dem die Posten in der zu bildenden Bundesregierung in der Reihenfolge der Stärke der Fraktionen zu vergeben seien: Nach der SPD (Kanzler) seien mithin die Grünen dran, und die würden das Amt des Finanzministers für Robert Habeck fordern.
3. Die Forderung der Grünen, den Finanzministerposten zu bekommen, wurde unterstützt von der Basis dieser Partei – besonders von den jungen Mitgliedern. Die monierten zudem, die Klimaziele der Grünen wären in den Vorverhandlungen weitgehend der FDP geopfert worden. Dies müsse korrigiert werden.

Eingebettet war diese Personalfrage in ein großes inhaltliches Problem der „Ampel"-Koalition: Wie würden sich die konträren Positionen der FDP und der Grünen in der Klimapolitik zur Deckung bringen lassen? Die FDP war bekannt als „Steuersenkungspartei", und bis zur Bundestagswahl hatte sie Steuerhöhungen geradezu als Sünde hingestellt. Die Grünen dagegen wollten Milliarden investieren, um den CO_2-Ausstoß

---

47   *Der Tagesspiegel*, Nr. 24692 vom 20.10.2021, S. 1: Kühnert steigt in Verhandlungen über Ampel-Koalition ein.

in Deutschland wirksam zu reduzieren. Ob private Investitionen, Abgaben oder Nebenhaushalte ausreichen würden, diese Lücke zu schließen, das sollte ein „Koalitionsvertrag" zeigen.

Während die Koalitionsverhandlungen liefen, schossen sich viele Medien auf mögliche Schwachstellen einer künftigen Ampelregierung ein. Welche Rentenpolitik würde die Koalition präferieren, wie sollten die teuren Umweltprojekte finanziert werden? Überhaupt: Wie würde das neue Bündnis die von den Sozialdemokraten hochgehaltene soziale Gerechtigkeit interpretieren? Der „Koalitionsvertrag" war noch nicht ausgehandelt, da kritisierten viele ihn schon. Anstehende oder vermeintliche Problematiken wurden der noch gar nicht existierenden neuen Regierung vor die Füße gekarrt:

- An der polnisch-deutschen Grenze stauten sich Flüchtlinge überwiegend aus Afghanistan, die der weißrussische Potentat Alexander Lukaschenko zur Drangsalierung Deutschlands und der gesamten EU vorgeschoben hatte;
- dass die „Neuen" kein schlüssiges Rentenkonzept finden könnten, galt als ausgemacht;
- die Pipeline North-Stream wurde problematisiert, die Energiepreise explodierten;
- vor falschen „Ökoprojekten" wurde gewarnt;
- von der Basis der Arbeitswelt her raunte es, der geplante frühere Kohleausstieg sei nicht machbar;
- dass nach dem Willen von SPD, Grünen und FDP die Zuständigkeit für die Corona-Bekämpfung bei den Bundesländern liegen sollte, wurde meist verurteilt;
- und vom bevorstehenden Ukraine-Krieg ahnte zu diesem Zeitpunkt keiner etwas.

Kurzum: Die „Ampel" stand im Sturm, bevor sie überhaupt geschaltet war. Und alle – Akteure und Publikum – waren dabei sogar noch ahnungslos über die sich zuspitzende Lage zwischen Russland und der Ukraine.

Den Wind spürten die verhandelnden Gruppen. Insbesondere die Grünen hegten die Befürchtung, nicht ausreichenden Erfolg zu bekommen. Nüchternheit verdrängte intern die anfängliche Euphorie. Die Grünen griffen zu einem ungewöhnlichen Mittel: Sie schrieben an ihnen nahestehende Organisationen und baten diese, sich an die SPD und die FDP zu wenden, um Druck auszuüben und grüne Klima- und Umweltschutzprojekte zu fordern. Baerbock und Habeck schrieben an „Greenpeace", den Naturschutzbund und den „WWF" („World Wide Fund for Nature"). Sie lamentierten: „Wenn wir das weiter alleine tun müssen, erschwert das die Verhandlungen enorm."[48]

Dieser Hilferuf der Grünen verstieß gegen die Vereinbarungen bei den Koalitionsverhandlungen, nichts nach außen dringen zu lassen, damit von dort kein Druck käme.

Insgesamt verhandelten – wie berichtet – etwa 500 Personen, und in den Gesprächen kam es nicht nur zu Differenzen zwischen den Parteien, sondern auch innerhalb derselben. Man konnte im Übrigen den Eindruck gewinnen, den Ampelparteien könnte ein Koalitionsvertrag weniger wichtig sein als das zu erwartende konkrete Regierungshandeln.[49]

Zudem musste sich Olaf Scholz – noch nicht im Kanzleramt – erster Angriffe erwehren. So verpflichtete ihn das Verwaltungsgericht Berlin, in seinem Finanzministerium für die Öffentlichkeit zu ermitteln, ob sein Staatssekretär Wolfgang Schmidt (SPD) Dokumente aus einem laufenden Verfahren an die Medien geleitet hatte. Es ging um eine von der Staatsanwaltschaft Osnabrück angeordnete

---

48 *Der Tagesspiegel*, Nr. 24709 vom 6.11.2021, S. 1: Grüne unzufrieden mit Ampelgesprächen.
49 *Der Spiegel*, Nr. 45 vom 6.11.2021, S. 26ff.: Wenn drei sich streiten.

Hausdurchsuchung im Ministerium. Die Sache ging zum Oberverwaltungsgericht Berlin.[50]

Gegen Mitte November war die Stimmung schlecht. Scholz wurde vorgeworfen, in der Öffentlichkeit wie Angela Merkel zu wenig „sichtbar" zu sein. Bei den Grünen grantelten sie, man sei in den vorhergehenden Gesprächen der FDP schon zu sehr entgegengekommen.

Es war eine ambivalente Lage. Die „alte" Regierung amtierte noch und die „neue" war entscheidungsunfähig. Mindestens vier Themen drängten:

1. Die Coronalage in Deutschland verschlechterte sich erheblich. Dennoch wollten die drei Parteien vor der Wahl ihrer Bundesregierung die nationale Notlage durch Parlamentsbeschlüsse beenden lassen und die Verantwortung für die Bekämpfung der Pandemie den Bundesländern auftragen.
2. Belarus belagerte an der Grenze zu Polen die EU mit tausenden Flüchtlingen, die offensichtlich Deutschland als Ziel hatten.
3. In der Energiepolitik schienen die Positionen von Grünen und FDP unvereinbar. Die Grünen wollten Kohle, Erdgas und Verbrennungsmotoren zu festen Terminen abschaffen; die FDP wollte sich nicht festlegen.
4. An der Grenze zur Ukraine konzentrierte Russland Truppen. Es sah nach Krieg aus. Der amerikanische und der russische Präsident konferierten über die Lage.

Während der Koalitionsverhandlungen verschlechterte sich die Corona-Lage in Deutschland erheblich. Gleichzeitig ergriff die als Regierung noch nicht gewählte „Ampel" am 18. November im Bundestag die Initiative, die Zuständigkeit für die Pandemiebekämpfung im

---

50 *Der Tagesspiegel*, Nr. 24711 vom 8.11.2021, S. 1: Scholz muss Verdacht gegen seinen Staatssekretär aufklären.

Lande an die Bundesländer zu geben und bestimmte Maßnahmen wie die Stilllegung von Teilen des Wirtschaftslebens zu unterbinden. Offensichtlich steckte dahinter ein Wunsch der FDP. Da die „vierte Welle" der Corona-Pandemie gerade über das Land rollte, wurde das in Teilen der Öffentlichkeit erheblich kritisiert. Eine merkwürdige Lage war entstanden: Die Bundesregierung unter Angela Merkel amtierte „nur" noch, und die geplante „Ampelregierung" wurde angegriffen und war doch im Innern noch gar nicht gefestigt. Ein Scheitern des Projektes schien möglich.

Auch wegen der Klimapolitik waren die Ampelpläne strittig. Der Ko-Vorsitzende der Grünen, Robert Habeck, malte ein Scheitern an die Wand, wenn bei der zu erwartenden Erderwärmung nicht die Ziele des Pariser Klimaabkommens erreicht würden.[51] Hintergrund solcher Einlassungen war offensichtlich die Sorge führender Funktionäre der grünen Partei, auf einem Parteitag keine Mehrheit für die Ampelkoalition zu erhalten.

Am 6. Dezember 2021 sollte Olaf Scholz zum Bundeskanzler gewählt werden!

Viel Aufregung brachte die Corona-Politik. Die kommende Ampel-Koalition wollte, wie gesagt, die Zuständigkeit dafür von der Bundesregierung in den Bundestag verlagern und die Bundesländer stärker in die Pflicht nehmen. Die künftige Regierung machte sich anheischig, den Kurs des Landes bei einem zentralen Politikfeld festzulegen. Das stieß auf Verwirrung, wurde am Ende aber akzeptiert.

Immerhin kamen die Verhandlungen am Ende einigermaßen gut voran, denn am 21. November 2021 wurden Personalien gemeldet. Die bisherigen Ministerinnen der SPD Svenja Schulze und Christine Lambrecht seien – so war der Plan – für die neue Bundesregierung „gesetzt" und Klara Geywitz sowie Stefanie Hubig aus Rheinland-Pfalz sollten

---

51   *Der Tagesspiegel*, Nr. 24716, S. 1: Habeck droht möglichen Koalitionspartnern.

dazukommen. Hubertus Heil solle sein Amt des Arbeitsministers behalten.[52]

Die Verhandlungen gingen voran. Es wurde auch über mögliche weitere Ministerposten spekuliert. Dass Lindner und Habeck wichtige Posten einnehmen würden, schien Ende November 2021 gesichert zu sein.

Endlich – am 24. November 2021 – wurde der Koalitionsvertrag vorgelegt. Er umfasste 177 Seiten und war gut abgeschirmt vor der Öffentlichkeit erarbeitet worden. Das Dokument stand unter der Überschrift „Mehr Fortschritt wagen. Bündnis für Freiheit, Gerechtigkeit und Nachhaltigkeit". Über die Sachgebiete Steuern, Haushalt, Klimaschutz, Bürgergeld, Mindestlohn, Rentenniveau, Mietpreisbremse, Kindergrundsicherung, Pflege, Legalisierung von Cannabis, Gleichberechtigung, Arbeitsmigration, Flucht, Verkehr, Kampfdrohnen und Deutschlands Rolle in der Außenpolitik hatten die drei Parteien zu Einigungen und Kompromissen gefunden.

Ganz zum Schluss handelten die Koalitionäre die Posten aus. Da gab es manche Überraschungen, und einiges kam später doch anders.

- Die SPD sollte sieben Zuständigkeitsfelder bekommen, die Grünen fünf und die FDP vier. An die SPD sollten folgende Ämter gehen: Kanzler (Olaf Scholz), Inneres (Christine Lambrecht), Verteidigung (Minister sollte im Dezember 2021 benannt werden), Bau und Wohnen (ebenfalls Dezember), Arbeit und Soziales (Hubertus Heil), Wirtschaftliche Zusammenarbeit (Dezember);
- an die Grünen sollte der Vizekanzler sowie Wirtschaft und Klima (Robert Habeck), Auswärtiges (Annalena Baerbock), Familie (Katrin Göring-Eckhardt), Umwelt (Steffi Lemke), Landwirtschaft (offen) gehen;

---

52 *Der Tagesspiegel*, Nr. 24724 vom 21.11.2021, S. 2: Schulze und Lambrecht sind gesetzt/SPD verteilt Ministerposten.

- an die FDP kamen Finanzen (Christian Lindner), Verkehr (Volker Wissing), Justiz (Marco Buschmann) sowie Bildung und Forschung (Bettina Stark-Watzinger).[53]

Diese Ergebnisse bedurften der Zustimmung der jeweiligen Parteigremien. Die Wahl des Bundeskanzlers sollte Anfang Dezember 2021 stattfinden.

Da begann ein Machtkampf bei den Grünen. Der Bundesvorstand nominierte – angeblich auf Druck des baden-württembergischen Ministerpräsidenten Winfried Kretschmann – Cem Özdemir für Ernährung und Landwirtschaft sowie Anne Spiegel – die allerdings bald wieder demissionierte – für das Familienressort. Das Nachsehen hatten die Fraktionsvorsitzenden im Bundestag, Anton Hofreiter und Katrin Göring-Eckardt.[54] Letztere wurde daraufhin als Bundestagsvizepräsidentin gehandelt. Kulturstaatsministerin im Bundeskanzleramt sollte die ehemalige Parteivorsitzende Claudia Roth werden.

Die SPD wollte am 4. Dezember 2021 auf einem virtuellen Parteitag entscheiden. Hier war besonders umstritten, ob der bekannte Pandemieexperte Karl Lauterbach das Amt des Bundesgesundheitsministers erhalten sollte oder ob eine andere Lösung gesucht wurde. Der designierte Bundeskanzler Olaf Scholz soll für diese Alternative gewesen sein.[55]

Am 4. Dezember 2021 stimmte ein virtueller Parteitag der SPD mit 98,8 % den Vereinbarungen mit den Grünen und der FDP zu.[56] Auch die FDP votierte am 5. Dezember 2021 für die „Ampel". 92 % eines virtuellen Parteitages entschieden sich positiv. Schließlich zogen die

---

53 *Der Tagesspiegel*, Nr. 24728 vom 25.11.2021, S. 2f.: Die Nacht der Entscheidung/177 Seiten Arbeit/Feilschen und Ramschen.
54 *Der Spiegel*, Nr. 49 vom 4.12.2021, S. 34: Brutal durchgesetzt.
55 *Der Tagesspiegel*, Nr. 24279 vom 26.11.2021, S. 1: Grüne machen Cem Özdemir zum Minister.
56 *Der Tagesspiegel*, Nr. 24738 vom 5.12.2021, S. 1: SPD stimmt für Ampel-Vertrag – Kühnert soll Kampa-Chef werden.

Grünen nach, wie am Nikolaustag 2021 bekannt wurde – rund 86 % der Mitglieder der Grünen hätten zugestimmt.

Der Wahl von Olaf Scholz zum Bundeskanzler der Bundesrepublik Deutschland stand nichts mehr im Wege.[57]

Quelle: ID 421469
© Grandmaisonc | Dreamstime.com

Die endgültige Kabinettsliste stand nun fest: Bundeskanzler Olaf Scholz (SPD), Vizekanzler und Minister für Wirtschaft und Klimaschutz Robert Habeck (Grüne), Minister für Gesundheit Karl Lauterbach (SPD), Ministerin für Verteidigung Christine Lambrecht (SPD), Ministerin für Inneres Nancy Faeser (SPD), Minister für Arbeit Hubertus Heil (SPD), Ministerin für Bauen und Wohnen Klara Geywitz (SPD), Ministerin für Entwicklung Svenja Schulze (SPD), Kanzleramtsminister Wolfgang Schmidt (SPD), Außenministerin Annalena Baerbock (Grüne), Familienministerin Anne Spiegel (Grüne), Umweltministerin Steffi Lemke (Grüne), Minister für Landwirtschaft Cem

---

57 *Der Tagesspiegel*, Nr. 24740 vom 7.12.2011, S. 1: Scholz macht Lauterbach zum Gesundheitsminister.

Özdemir (Grüne), Justizminister Marco Buschmann (FDP), Ministerin für Bildung und Forschung Bettina Stark-Watzinger (FDP), Finanzminister Christian Lindner (FDP) und Minister für Verkehr Volker Wissing (FDP).

Die Öffentlichkeit beschäftigte sich vor allem mit der Nominierung von Karl Lauterbach zum Minister für Gesundheit. Der SPD-Abgeordnete und Professor für Epidemiologie war bis zur Regierungsneubildung viel in „Talkshows" zu sehen gewesen und hatte sich dort stets als pessimistischer, aber kompetenter Fachmann präsentiert. Dadurch war er beim Volke sehr beliebt, und obwohl Olaf Scholz skeptisch war, wurde er am Ende von diesem präsentiert: ein Hauch von Populismus in der nüchternen Bundesrepublik.[58]

Am 8. Dezember 2021 wurde Scholz im Deutschen Bundestag mit 395 Stimmen zum Bundeskanzler gewählt. Die Koalition hatte 416 Stimmen. Der Bundespräsident überreichte ihm die Ernennungsurkunde, und danach wurde der neue Bundeskanzler im Bundestag vereidigt. Nach einer Ansprache im Plenum erfolgte die Amtsübergabe durch Angela Merkel, und abends fand die erste Kabinettssitzung der neuen Regierung statt.

Sodann kümmerten sich die neuen Minister um die „zweiten Reihen". So bat Finanzminister Christian Lindner den langjährigen Staatssekretär für Haushaltsfragen in seinem neuen Ministerium, Werner Gatzer (SPD), dass er im Amt bliebe.[59]

---

58   Ebenda.
59   *Der Tagesspiegel*, Nr. 24743 vom 10.12.2021, S. 4: Zimmermann des Bundesetats.

Quelle: Stefan Prößdorf, 12.09.2021 https://commons.wikimedia.org/wiki/File:2021-09-12_Politik,_TV-Triell_Bundestagswahl_2021_1DX_3801_by_Stepro_(cropped).jpg CC-BY-SA-4.0 (s. https://creativecommons.org/licenses/by-sa/4.0/deed.de)

Das öffentliche Echo auf die neue Bundesregierung war schlecht. Der „Ampel" wurde vorgeworfen, die Rechtsgrundlage der Corona-Bekämpfung durch den Bund parlamentarisch zu der Zeit gestoppt zu haben, als eine „vierte Welle" über das Land hereinbrach. Das sei schuld der FDP. Den Grünen wurde vorgehalten, dass sie in alte Grabenkämpfe verfielen, der „Ampel" insgesamt, dass sie die finanziellen Mittel für die vielen Projekte zur Rettung des Klimas nicht aufbringen könnte; Scholz wurde angehängt, dass er ein „Langweiler" sei. Aber immerhin hieß es auch: „Der Wille ist da."[60]

Dabei wusste immer noch niemand mit Sicherheit, dass ein Krieg in Europa vor der Tür stand.

Vor große Herausforderungen wurde die neue Regierung aber sofort durch die Entwicklung der Corona-Pandemie gestellt. Durch die Omikron-Variante des Virus baute sich in Deutschland eine neue Infektionswelle auf, die kaum zu bekämpfen war. Der SPD wurde vorgeworfen, dass ihr elektoraler Rückhalt – verglichen mit vorhergehenden Perioden – schmal war; der FDP, dass sie ihre parteipolitischen Grundsätze verrate und den Grünen, dass sie regierungsunfähig seien.[61]

Eine von all dem formell unabhängige Vorentscheidung traf am 26. Oktober 2021 der neue Bundestag. Er wählte Bärbel Bas von der SPD zur neuen Präsidentin und folgte den Vorschlägen der Fraktionen bei der Wahl der Vizepräsidenten. Der Kandidat der AfD für ein Vizepräsidentenamt wurde nicht gewählt. Zwar stand jeder Fraktion mindestens ein Sitz im Präsidium des Parlamentes zu; die einzelnen Abgeordneten jedoch waren frei bei ihrem Votum.

Hier tat sich ein Strukturproblem des Parlamentarismus auf: Die Prinzipien der Repräsentation und der Freiheit der Abgeordneten waren nicht zur Deckung zu bringen.

Am 26. Oktober 2021 hatte sich zuvor eine Zäsur in der Geschichte Deutschlands ereignet: Nach sechzehn Jahren als gewählte Bundeskanzlerin erhielt Angela Merkel vom Bundespräsidenten ihre Entlassungsurkunde. Von Stund an war sie „nur" noch geschäftsführende Kanzlerin. Ihren Ministern erging es entsprechend. Merkel und ihr Kabinett befanden sich politisch im Kraftfeld der verhandelnden Parteien SPD, Grüne und FDP.

Der Ruf war sehr vernehmlich zu hören:

---

60 *Der Spiegel*, Nr. 48 vom 27.11.2021, S. 6.
61 *Der Spiegel*, Nr. 2 vom 8.1.2022, S. 14ff.: Die Krötenschlucker.

„Der Nächste, bitte!"
Aber noch war es nicht ganz so weit! In Rom trafen sich Ende Oktober auf einem „G20-Gipfel" die Staats- und Regierungschefs vieler Industrienationen der Welt. Anschließend tagte in Glasgow die Weltklimakonferenz. Deutschland wurde bei beiden Veranstaltungen von seiner amtierenden Kanzlerin Angela Merkel vertreten. Sie war noch in der ersten Reihe – auf Augenhöhe – mit dem amerikanischen Präsidenten Joe Biden und anderen Weltenlenkern. In der zweiten Reihe nahm der amtierende deutsche Finanzminister Olaf Scholz Platz. Der wahrscheinlich kommende Bundeskanzler war von seiner Vorgängerin wie ein Praktikant mitgenommen worden. Die einen bewunderten den scheinbar entspannten Machtwechsel in Deutschland, die anderen fanden die Szene belustigend.

Derweil verdüsterte die „vierte Welle" der Corona-Pandemie der Ampel den Anfang. Der amtierenden Kanzlerin gelang es, gegen das neue Bündnis zu sticheln; insbesondere, nachdem diese ihr neues „Infektionsschutzgesetz" mit einem angeblich zu kleinen Maßnahmenangebot parlamentarisch durchgesetzt hatte.

Die Wahlanfechtungen hingen weiterhin als Damoklesschwerter über den Koalitionen im Land Berlin und im Bund. Weitere Wahlprüfungen hatten den Verdacht bestätigt, dass es sowohl im Bund als auch im Land hier und da Unregelmäßigkeiten beim Wahlablauf gegeben hatte. Nachdem aber beide Koalitionen ins Laufen gekommen waren, hatte es im Sommer 2022 noch so ausgesehen, als wären keine Nachwahlen zu erwarten, welche die Mehrheiten in den Parlamenten relevant verändern würden.

In Berlin wurde erwogen, künftig den Bezirken die Souveränität für die allgemeinen Wahlen zu entziehen und Organisation sowie Durchführung derselben nach außen zu vergeben, nach dem Vorbild

Hamburgs. Dass sich die mächtigen Berliner Bezirke darauf einlassen, war nicht sicher.[62]

---

62 Der Senat von Berlin erarbeitete jedoch keine Pläne für Neu- oder Nachwahlen. Zwar war im Dezember 2021 eine „Expertenkommission" eingesetzt worden, nachdem am 26. September 2021 bei der Wahl Pannen aufgetreten waren (z.B. fehlende Helfer oder Stimmzettel in einzelnen Wahllokalen, so dass Bürger erst nach 18 Uhr wählen konnten), deren Empfehlungen vom Berliner Verfassungsgericht und vom Abgeordnetenhaus beraten werden sollten, aber vorsorgliche Planungen wurden nicht betrieben. S. *Der Tagesspiegel*, Nr. 24928 vom 21.6.2022, S. 9: Senat: Keine Pläne für Neuwahlen.
Die Wahlpannen in Berlin waren ein Kapitel für sich. Zu heilen war der entstandene Schaden überhaupt nicht. In der Praxis gab es folgende Möglichkeiten:
a)   Die Fehler würden zur Kenntnis genommen und zu einem späteren Zeitpunkt als Anlass für eine Reform des deutschen Wahlrechts genommen.
b)   Die Fehler würden folgenlos zur Kenntnis genommen.
c)   Die Wahlen zum Abgeordnetenhaus und zum Bundestag würden in Berlin komplett wiederholt.
d)   Dort, wo Fehler nachgewiesen wurden, würden die Wahlen erneut stattfinden.
Die Lösungen c) und d) hätten den Nachteil, dass die erneuten Wahlen zu einem Zeitpunkt stattfänden, an dem durch Handeln der parlamentarischen Mehrheiten sowie Entscheidungen des Senats oder der Bundesregierung wahlbeeinflussende Fakten geschaffen wurden.
Allein die Fehler bei der Wahl im Jahre 2021 selbst hatten allerdings mögliche Nachwahlen schon beeinflusst. In einer funktionierenden Demokratie dürfte so etwas mithin überhaupt nicht passieren.

V.
Die Ampel

Keine Schonfrist für die Ampel

Lange Zeit galt für Demokratien der Grundsatz, dass eine neue Regierung von der Öffentlichkeit 100 Tage Karenzzeit fürs Einarbeiten erhalten solle, bevor die Opposition und die Medien die – meist kritische – Bewertung starten könnten. Im Falle der Berliner Ampelkoalition wurde auf diesen Grundsatz jedoch verzichtet.

Die neue Regierung hatte einen Neustart bei der Bekämpfung der Corona-Pandemie versprochen, wollte das Steuer in der Klima- und in der Finanzpolitik herumreißen, liberale Freiheitsversprechen und grüne Gestaltungen des öffentlichen Lebens zugleich einführen, und sie versprach, außenpolitisch auf Kurs der Vorgängerregierung zu bleiben, obwohl die grüne Außenministerin vor allem gegenüber Russland und China kritischer auftreten wollte.

Vor allem geriet der neue Bundeskanzler Olaf Scholz von der SPD sofort ins Visier. Ähnliches galt für den spektakulär gestarteten sozialdemokratischen Gesundheitsminister Karl Lauterbach.

Scholz hatte gleich zu Beginn seiner Amtstätigkeit erklärt, nun werde die allgemeine Impfpflicht in Deutschland eingeführt. Es sollte zügig gehen. Die Abgeordneten des Bundestages würden positive Gewissensentscheidungen treffen. Doch dann stellte sich heraus, dass es in allen drei Fraktionen der Ampelkoalition unterschiedliche Auffassungen zum Thema Impfpflicht gab. Auch bei der CDU/CSU-Fraktion gab es keine Einigkeit. Zudem tauchte die Frage auf, ob und wie eine Impfplicht exekutiert werden könnte. Im Plenum des Bundestages wurden dazu Gruppenanträge der Abgeordneten zur Abstimmung gestellt, und die Regierung selbst verweigerte eine eigene Vorlage. Die ursprüngliche Idee, frühzeitig im neuen Jahr entscheiden zu können, ließ sich dann nicht realisieren. Scholz wurde kritisiert, er führe nicht, er betreibe vielmehr eine Politik des Abwartens, weil er alle Parteien und Gruppen der Koalition hinter sich bringen müsse.

Lauterbach hatte zudem angekündigt, die Impfquote in Deutschland schnell zu steigern. Aber im Januar 2022 hatten sich „nur" 72 % der Bevölkerung dreimal impfen lassen, was als zu wenig bewertet wurde. Also lautete die Kritik, die neue Regierung habe die Zahl der Geimpften nicht – wie versprochen – kurzfristig steigern können. Außerdem wurde Lauterbach – verklausuliert sogar aus der SPD – vorgeworfen, für einen Politiker nicht kommunikativ und zu professoral zu sein. Es wurde an das Zögern von Scholz vor Lauterbachs Ernennung zum Bundesgesundheitsminister erinnert.[63]

International geriet die neue Regierung in eine Krisenlandschaft. Vor allem der „Ukraine-Konflikt" beunruhigte mittlerweile die Welt. Russland zog Truppen an der Grenze zur Ukraine zusammen, derweil diese begehrte, der NATO beizutreten. Ehemalige Warschauer-Pakt-Staaten oder Sowjetrepubliken und nunmehrige NATO-Länder wie Polen oder die baltischen Staaten unterstützten die Ukraine und forderten die NATO zum Entgegenkommen auf. Diese aber betonte, sie sei ein Verteidigungsbündnis. So kamen westliche Nationalstaaten wie die USA, Großbritannien, Frankreich und auch Deutschland ins Spiel, die Russland im Falle einer Invasion mit wirtschaftlichen Sanktionen drohten.

Also war es eine schwierige Mission, als die neue grüne Außenministerin Annalena Baerbock am 17. und 18. Januar 2022 nach Kiew und Moskau reiste, um zu vermitteln. Daheim hatte vorher Bundeskanzler Scholz signalisiert, in der Außenpolitik werde ohnehin er das letzte Wort sprechen. Wie zur Bestätigung dieser Ankündigung empfing Scholz in Berlin am 18. Januar 2022, dem Tag von Baerbocks Besuch in Moskau, den NATO-Generalsekretär Jens Stoltenberg. Er drohte Russland mit wirtschaftlichen Sanktionen, während Baerbock sich in

---

63   *Der Tagesspiegel*, Nr. 24785 vom 24.1.2022, S. 3: Die Probleme des Professors.

Moskau für Verhandlungen einsetzte und vorher in Kiew betont hatte, dass die Ukraine keine Waffen aus Deutschland bekäme.[64]

Anfang 2022 wurde der neue Bundeskanzler Olaf Scholz wegen der Ukraine-Krise aufs internationale Podest gehoben. Er reiste nach Washington, Kiew und Moskau, formal zu Antrittsbesuchen – tatsächlich aber musste er versuchen, in der Ukraine-Krise zu vermitteln. Dabei hatte er Schwierigkeiten, denn Deutschland war im Gegensatz zu den westlichen Partnern gegenüber Russland zurückhaltend, und obendrein hatte der ehemalige SPD-Bundeskanzler, Gerhard Schröder, der Ukraine „Säbelrasseln" vorgeworfen, weil sie mit der NATO liebäugelte.[65] Diese Einlassung wurde in der deutschen Öffentlichkeit kritisch debattiert und brachte die stärkste Regierungspartei einschließlich ihres neuen Vorstandes in arge Bedrängnis.

Zuvor hatte der neue Vizekanzler sowie Wirtschafts- und Umweltminister Robert Habeck die Erarbeitung eines Klimaprogrammes für Deutschland angekündigt und zwei Prozent der Fläche in Deutschland für Windanlagen gefordert, wo man dann auf den Artenschutz leider verzichten müsse. Vor allem in den eigenen Reihen von Habecks Partei wurde diese Ankündigung kritisiert.[66] Und die EU hatte das Interregnum bei der Regierungsbildung in Berlin zum Ärger der deutschen Grünen und auf Betreiben vor allem Frankreichs genutzt, Atomstrom neben Gasenergie als umweltfreundlich zu klassifizieren.[67]

---

64 *Der Tagesspiegel*, Nr. 24780 vom 19.1.2022, S. 1: Baerbock in Moskau: Russland bedroht die Ukraine. Hierzu auch *Der Tagesspiegel* Nr. 24789 vom 28.1.2022, S. 2: Das Flackern der Ampel. – Der vorsichtige Kurs der neuen Bundesregierung gegenüber Russland im Ukraine-Konflikt wurde besonders nach bekannt gewordenem US-amerikanischem Misstrauen in der deutschen Öffentlichkeit kritisch dargestellt. Dass der untergehenden Sowjetunion einst Zurückhaltung der NATO in Osteuropa zugesagt worden war, schien vergessen zu sein.
65 *Der Spiegel*, Nr.7 vom 12.2.2022, S. 22ff.: Ein fatales Signal.
66 So sagte die neue Berliner Bürgermeisterin, Bettina Jarasch von den Grünen, in der Hauptstadt gäbe es dafür keine Flächen.
67 *Der Spiegel*, Nr. 2 vom 8.1.2022, S. 14ff.: Die Krötenschlucker. Es zeigte sich, dass der neuen Koalition viel Überzeugungsarbeit bevorstand. Für klimafreundliche

Habeck wurde – wie alle Minister – besonders zu Beginn seiner Amtszeit vom Rollenzwang des Kabinetts und des Ministeriums erfasst. Äußerlich verwandelte sich der einstige Parteimann und „Philosoph" zum Staatsmann. Er trug jetzt immer öfter Krawatte.

- Auch hielt er in seinem neuen „Haus" (wie Minister gern ihre Verwaltungen nennen) eine nicht nur formale, sondern auch programmatische Antrittsrede. Er sprach beispielsweise statt einfach von „Marktwirtschaft" von „ökologisch-sozialer Marktwirtschaft".
- Als Ausfluss der Ukraine-Krise geriet Gas als Energiegeber zusehends ins Visier, und von Habeck musste dieser von ihm gern als Übergang vorgesehene Rohstoff längerfristig geduldet werden.
- Ein Bauförderprogramm seines Vorgängers als Wirtschaftsminister förderte mittlerweile gängiges und klimaschonendes Bauen. Es wurde von Habeck gestoppt, musste aber vorübergehend wegen bereits eingereichter Anträge potenzieller Bauherren doch reaktiviert werden.
- Generell wurde Habeck vorgeworfen, mehr Klima- als Wirtschaftsminister zu sein und damit der FDP eine Flanke zu bieten.

Der neue und so innovativ angetretene Minister Habeck schlidderte ins gouvernementale Klein-Klein, wie in den Medien berichtet wurde.[68]

Auch Christian Lindner von der FDP bekam sein Fett weg. Dem Finanzminister wurde vorgehalten, sich nicht an die Linien seiner Partei im Wahlkampf zu halten. Er operiere mit obskuren

---

AKW waren 47 % der Deutschen, 45 % waren dagegen. Gas fanden 52 % klimafreundlich, während 35 % das falsch fanden. Ebenda.

[68] *Der Tagesspiegel*, Nr. 24807 vom 15.2.2022, S. 5: Gestörtes Klima. Robert Habeck wollte als Wirtschaftsminister Geschichte schreiben. Nach zwei Monaten steckt er im Klein-Klein der Regierungsarbeit fest.

„Nebenhaushalten" und trickse bei beabsichtigten Subventionen, um die weitreichenden Klimaprojekte der Grünen finanzieren zu können.

Im Koalitionsvertrag war ein Energie- und Klimafonds vereinbart worden, der als „Nebenhaushalt" aufgelegt werden sollte. Daraus sollte nach dem Willen Lindners die Abschaffung der EEG-Umlage (erneuerbare Energieumlage) aller Haushalte beim Strom „so früh wie möglich" – wahrscheinlich im Sommer 2022 – finanziert werden. Für einen Durchschnittshaushalt von vier Personen würde das eine Entlastung von etwa 150 Euro im Jahr bringen. – Diesen Plan hatte der Bundesfinanzminister weder mit der Regierung noch mit deren Kanzler abgestimmt.[69]

Das Ausweichen auf „Nebenhaushalte" und das Jonglieren mit der gesetzlich vorgeschriebenen „Schuldenbremse" vernebelte das Bild des obersten Kassenwartes vor allem angesichts der vor der Bundestagswahl abgegebenen Verlautbarungen ziemlich, und er hatte Mühe, es klar erscheinen zu lassen.

Der Bundesjustizminister Buschmann und der Landwirtschaftsminister Özdemir gerieten ebenfalls in die Kritik. Der Justizminister wollte die Pandemiepolitik in der Bundesrepublik grundgesetzkonformer gestalten als die Vorgänger von der „Großen" Koalition. Er wurde dafür kritisiert. Özdemir kündigte an, die Preise für Lebensmittel zu erhöhen, um den Landwirtschaftsbetrieben höhere Einkommen zu ermöglichen und die Qualität der Nahrung in Deutschland zu steigern – Ankündigungen, die Debatten, aber keine Fakten zutage förderten.

Kaum im Amt, stand die neue Regierung mithin im Kreuzfeuer. Es gab keine Schonfrist für die Ampel.[70]

Die informelle 100-Tage-Regelung, dass neu ins Amt gekommene Personen oder Institutionen 100 Tage geschont werden sollten, um sich einarbeiten zu können, wurde bei der „Ampel" nicht angewandt.

---

69 *Der Tagesspiegel*, Nr. 24792 vom 31.1.2022, S. 1: Lindner will Verbraucher beim Strompreis ab Sommer entlasten.
70 S. *Der Spiegel*, Nr. 3 vom 15.1.2022, S. 8ff: Koalition der Wackligen.

Schon nach spätestens 50 Tagen geriet Scholz samt Regiment ins Feuer öffentlicher wie interner Kritik, und das vor allem bei zwei Themen:

1. *Die Russland-Ukraine-Krise*: Russland hatte, so viel wurde bekannt, an der Grenze zur Ukraine 100.000 Soldaten zusammengezogen. Die Ukraine hatte die NATO-Mitgliedschaft gefordert, und die NATO selbst hatte unter Anführung der USA einen Wall gegen Russland errichtet. Deutschland schien das einzige EU-Land gewesen zu sein, das nicht scharf gegen Russland vorgehen wollte. Das habe an Bundeskanzler Scholz gelegen, der sich nicht entschieden hatte zwischen angeblichen „Russlandfreunden" in der SPD wie Gerhard Schröder und – wenigstens verbal – „Russlandgegnern" in allen Parteien. Scholz schweige, wirke wie gelähmt, lautete der öffentliche Vorwurf. Im Februar 2022 – zu spät, meinten Kritiker – reiste der Kanzler nach Washington, Kiew und Moskau, um zu vermitteln.
2. *Die Corona-Politik*: Der gesamten Koalition und speziell dem Bundeskanzler wurde vorgeworfen, dass
   a. eine allgemeine Impfpflicht nicht schnell genug kam,
   b. zu wenig Deutsche eine dritte Impfung bekommen hätten und
   c. statt des Parlamentes die Regierung Essentials der Corona-Politik definiere.

Dann kam Anfang 2022 eine Zeit, in der Nachbarländer Deutschlands ihre Corona-Schutzmaßnahmen nach und nach lockerten, und die föderale Bundesrepublik geriet in Zugzwang, hierbei nachzuziehen. Gleich nach den drei Auslandsreisen in die USA, in die Ukraine und nach Russland musste der Bundeskanzler bei einer Ministerpräsidentenkonferenz dazu moderieren.

Der SPD wurde immer wieder Uneinigkeit vorgeworfen, während die Grünen und die FDP einen Realitätsschock nach dem anderen erlitten und intern immer wieder aneinandergerieten.

Das neue Flaggschiff Deutschlands namens „Ampel" war in rauer See gestartet und ihre Besatzung wirkte ziemlich zusammengewürfelt.

Mit- und Gegenspieler

Fridays for Future

Das Thema „Klimaschutz" wurde von den Grünen auch in die Koalition eingebracht, weil die internationale Initiative Fridays for Future („FFF") es weltweit auf die Tagesordnung gesetzt hatte.

Die 2003 in Stockholm geborene Greta Thunberg war die bekannteste Klimaschutzaktivistin. Vor den Foren der Welt wie der Vollversammlung der Vereinten Nationen forderte sie eine an der „Wissenschaft" orientierte Klimapolitik ein. Sie vertrat die Auffassung, dass die Erderwärmung menschengemacht sei und beklagte, die Länder der Welt würden das nicht berücksichtigen und bislang beschlossene Maßnahmen seien zu langsam. Um dem Einhalt zu gebieten, organisierte sie in Schweden „Schulstreiks für das Klima". Dadurch sollte Druck auf die dortige Regierung ausgeübt werden, so dass diese die Ziele des Weltklimagipfels von Paris verteidigte.

Luisa Neubauer war die bekannteste deutsche Klimaschutzaktivistin. Sie wurde 1996 in Hamburg geboren und war Mitglied der Grünen einschließlich deren Jugendorganisation. Sie machte sich für einen Kohleausstieg Deutschlands bis 2030 stark, trat für Generationengerechtigkeit ein und war für eine weltweite Bekämpfung der Armut. Dem deutschen Publikum war sie durch mehrere Auftritte in bundesweiten TV-„Talkshows" bekannt.

Thunberg – und in Deutschland Neubauer – hatten das Thema „Klima" forciert und konnten nach Bildung der „Ampel"-Regierung in Berlin für sich in Anspruch nehmen, eine politische Innovation bewirkt zu haben. Zweifellos war es für die Regierung selbst und besonders die Grünen wichtig, in der Öffentlichkeit als Vollstrecker der Ideen von „Fridays for Future" zu gelten.

Freilich gab es in der „Klimabewegung" auch Probleme und am Ende Radikalisierungen. Thunberg und Neubauer bezogen sich auf das Pariser Klimaabkommen der Vereinten Nationen von 2015, wo eine Begrenzung der globalen Erderwärmung unter zwei Grad Celsius beschlossen wurde. Die jeweils nationalen Legitimationen dieser Vereinbarung erfolgten nicht durchgängig. Kein Staat musste sich daran halten, und so kam es, dass die Realisierung der Ziele von Paris global defizitär wurde.

Außerdem radikalisierte sich die Bewegung „Fridays for Future": Anfang 2022 blockierten Aktivisten den Autobahn- und Straßenverkehr in Berlin, indem sie sich an neuralgischen Stellen auf die Straßen setzten, sich dort teilweise auf die Fahrbahn klebten und so den Verkehr stoppten. Sie nannten sich „Letzte Generation", forderten Bundeskanzler Scholz auf, sich für ein „Essen-retten-Gesetz" einzusetzen und beriefen sich dabei auf Thunberg. Die von solchem Tun offensichtlich nicht durchgängig begeisterte Ampelkoalition geriet in eine unangenehme Lage und fühlte sich von der Bewegung überholt.

Energie

Für die Ampelregierung ist Energie eines der wichtigsten Themen. Die Koalition teilt Energielieferanten in „wünschenswert" und „abzuschaffen" ein. Abzuschaffen ist in jedem Fall die Kohle; das hat schon Angela Merkel in der „Großen" Koalition entschieden.

Nicht alle Länder der Welt sind gefolgt, zum Beispiel Polen bei Kohle und Frankreich bei der Atomkraft. Auch Erdöl soll nach dem Willen der Berliner Ampelkoalition auf Dauer verschwinden, wird aber als Übergangslieferant geduldet. Atomenergie ist wegen der extrem langen Lagerungszeit der Abfallprodukte eigentlich abzulehnen, aber hierüber gibt es einen Streit mit der EG.

Erstrebenswerte Energien sind nach Ansicht der „Ampel" auf jeden Fall die „Erneuerbaren" wie Wind, Wasser und Sonne. Um diese effizient und ausreichend zu machen, müssen einerseits soziale Widerstände wie die Ablehnung nachbarschaftlicher Windräder überwunden werden, andererseits geeignete Technologien wie bei der Sonne oder dem Wasser erst entwickelt werden. Es drängt sich das moralische Problem auf, ob arme, aber sonnen- und wasserreiche Länder Deutschland überhaupt helfen dürfen. Die „Ampel" wird viel Zeit brauchen, um all diese Probleme lösen zu können. Sie hat sich aber zum Ziel gesetzt, neue Energieträger einzusetzen.

Beim Hausbau ist die „Ampel" ja schon auf die Tücken der Verwaltungsrealität gestoßen. Kurzfristig stellte sie – wie berichtet – ankündigungslos die Förderung spezieller Energiebauten ein. Schon beantragtes Fördergeld wurde storniert, weil der Regierung das Geld ausgegangen war und mittlerweile sowieso allgemein energiesparend gebaut wurde. Doch der plötzliche Schluss der Förderung ließ sich nicht durchsetzen, und so wurde die Förderung bis Ende Januar 2022 fortgeführt.

Trotz all dieser Probleme hofft die „Ampel", dass die deutschen Energieversorger ihre Politik tragen werden.

Da machte ihnen der Krieg in der Ukraine einen Strich durch die Rechnung. Russland lieferte 2015 und auch 2021 noch etwa 40 % des für die Industrie und die Privathaushalte benötigten Erdgases nach Deutschland, und diese Erdgaslieferungen wurden von den vom „Westen" verhängten Kriegssanktionen ausgenommen. Ende März 2022 drohte Putin die Lieferungen von Erdgas nach Deutschland einzustellen oder zumindest Zahlungen für Lieferungen nur noch in Rubel statt – wie vertraglich vereinbart – in Dollar oder Euro zu akzeptieren. Ein „Gaskrieg" bahnte sich an.

Erdgaslieferanten Deutschlands 2015[71]

Russland	40 %
Niederlande	29 %
Norwegen	21 %
Deutschland	7 %
Dänemark, Großbritannien und Sonstige	3 %

Der neue Wirtschaftsminister Habeck war alarmiert, die „Ampel"-Ziele plötzlich hintangestellt. Der Grüne reiste an den Golf, um dort Erdgas zu akquirieren und die Abhängigkeit von Russland zu kompensieren. Der „Bösewicht" Russland sollte den ebenfalls wenig geliebten arabischen Fürstencliquen weichen. Habeck wollte den Teufel mit dem Beelzebub austreiben. Im Innern rief er Ende März 2022 im Rahmen eines amtlichen „Notfallplanes Gas" als erste dreier möglicher Maßnahmen eine „Frühwarnstufe" aus und bereitete sich so auf den Fall eines plötzlichen Lieferstopps aus Russland vor.[72]

Automobilindustrie

Das benzingetriebene Automobil war lange das wirtschaftliche und kulturelle Rückgrat der Bundesrepublik von Konrad Adenauer bis zu Angela Merkel. „VW", „Mercedes", „BMW" und „Opel" waren die Stars der deutschen Wirtschaftsunternehmen und erwirtschaften mitsamt ihrer Zulieferindustrie den größten Teil der Ökonomie. Der Export deutscher Autos in alle Welt – vor allem in die USA und nach China – und die Produktionen dort brachten Deutschland Devisen ein.

Nach dem Willen der Ampelkoalition sollte mit den traditionellen Verbrennungsmotoren Schluss sein. Einerseits sollten die Firmen veranlasst werden, Elektro- oder Wasserstoffautos herzustellen, andererseits sollten die Bürger auf andere Mobilitätsmöglichkeiten umsteigen: auf den Öffentlichen Personennahverkehr („ÖPNV") oder auf

---

71 Internet, Darstellung „eon".
72 *Der Tagesspiegel*, Nr. 24850 vom 31.3.2022, S. 1: Gasstreit mit Russland: Habeck ruft Frühwarnstufe aus.

muskelbetriebene Vehikel wie das Fahrrad oder gar das Lastenfahrrad. Die Gemeinden sollten dafür Verkehrswege ausbauen.

Ungewiss war, wie weit die Bürger diese Politik mitmachen wollten. Denn die Verkehrswende konnte nur kommen, wenn die Bürger massenhaft auf „Benziner" verzichten und aufs Elektroauto, den ÖPNV oder gar aufs Fahrrad umsteigen würden. Bei Elektroautos musste dazu noch ein Ladenetz errichtet werden. Darüber hinaus war Strom ebenfalls ein endlicher Energielieferant, und nicht sicher war, wie viele E-Autos überhaupt weltweit betrieben werden könnten. Unklar war zudem, welche Entwicklungen es in anderen Industrieländern gäbe und wie sich die deutsche Exportlage entwickeln könnte, falls sich hierzulande das E-Auto durchsetzen sollte.

Trotz all dieser Probleme hoffte die „Ampel", dass die deutschen Automobilhersteller ihre Politik tragen würden. Doch die „Verkehrswende" war ein Wechsel auf die Zukunft. Es schien, als würden besonders jüngere Deutsche die neuen Technologien annehmen wollen, die Alten hingegen weniger. Bahnte sich hier ein Generationenkonflikt neuer Art an?

Die Propagandisten der „Ampel" wurden indes nicht müde, zweierlei zu betonen:

- Deutschland würde in der Verkehrswende neue Produktionsverfahren entwickeln können, die dann in die ganze Welt exportiert werden könnten.
- Die Verkehrswende würde das Klima nachhaltig verbessern.

Mit dem Ausbruch des Ukraine-Krieges geriet das Ziel der Verkehrswende jedoch etwas in den Hintergrund. Doch die „Ampel" hatte auch Glück: Als der Benzinpreis im März 2022 auf über zwei Euro je Liter anstieg, entstand vordergründig ein Streit in der Regierung um die besten Gegenmaßnahmen, hintergründig aber konnten sich die Befürworter einer Verkehrswende die Hände reiben, denn das teure Benzin war ein gutes Argument für Elektro- oder Wasserstoffautos.

NGOs

„NGOs" sind Nichtregierungsorganisationen, in der modernen Weltsprache „Non-governmental organizations" genannt. Sie werden von den Medien häufig mehr beachtet als Ministerien oder Ämter, denn sie gelten als „authentisch". Die Grünen sind eine politische Partei, die einen ganzen Kranz von NGOs um sich versammelt hat. Das Spiel geht so, dass eine NGO eine politische Forderung in die Öffentlichkeit bringt, diese wird von der Partei aufgenommen und in den politischen Betrieb eingespeist – meist anfangs als Parteitagsbeschluss, später als Antrag im Bundestag. So wurde das Thema „Klima" auf die Agenda gesetzt. Das ist eine *neuartige Methode* der politischen Innovation.

Klassisch dagegen ist die *etatistische Methode* politischer Innovation. Nach Anhörung verschiedener Interessengruppen formuliert ein Ministerium einen Antrag, der im Kabinett beraten („abgestimmt") und meist verändert wird. Dieser geht als Regierungsentwurf ins Parlament, wo ihn zuerst die einbringenden Fraktionen und dann die Ausschüsse beraten und meistens wiederum verändern. Als „Beschlussempfehlung" geht der Antrag schließlich ins Plenum, wo er zum Gesetz erhoben oder aber abgelehnt werden kann. Dem Verfassungsgericht und dem Staatsoberhaupt obliegen im Falle eines positiven Votums im Parlament weitere Überprüfungen, bevor endlich ein Gesetz verkündet werden kann.

Verbreitet und einst lehrbuchkonform ist auch die *demokratische Methode* politischer Innovation. Sie verfährt nach dem Muster der etatistischen Methode, nur dass die politischen Parteien als Saugwurzeln neuer Initiativen funktionieren.

Diese Methode der politischen Innovation ist freilich keine Erfindung der Grünen und wird seit einiger Zeit auch von den „Altparteien" – zumindest von der Union und der SPD – praktiziert. Angela Merkel war als Bundeskanzlerin geradezu berühmt dafür, dass sie ihre Entscheidungen gern am Mehrheitswillen des Volkes orientierte. Führung war dabei offensichtlich vorgestern. Die Institutionalisierung ganzer

Themenkomplexe wie „Klima", „Umweltschutz" oder „Generationengerechtigkeit" entwickelte sich aus der merkelschen Praxis heraus besonders auffällig bei den Grünen.

Die Ampelkoalition in Berlin erhebt diese neuartige Methode der politischen Innovation durch die dominierende programmatische Rolle der Grünen auf das allerhöchste politische Niveau. Das verleiht ihren Entscheidungen einen hohen Legitimationsanspruch und versetzt das neue Bündnis in die Lage, als Initiator und Beschützer eines neuen Wertekanons in der Republik zu erscheinen. So ist beispielsweise auch zu erklären, warum es ein grüner Bundeswirtschaftsminister wagen konnte, dem Bruttosozialprodukt („BSP") den Status als Indikator für den Wohlstand der Gesellschaft absprechen zu wollen.

Diese neuartige Methode der politischen Innovation birgt die Möglichkeit in sich, dass nicht mehr politische Institutionen wie Parteien, Parlamente oder Regierungen den Wertekanon des Gemeinwesens prägen, sondern die NGOs. Politische Institutionen haben dann nur noch instrumentale Funktionen, und die Struktur des Staates könnte sich verändern.

Der Ukraine-Krieg hat gezeigt, dass alle derartigen Innovationen von sekundärer Wirksamkeit sein können. Als der Krieg Anfang 2022 ausbrach, verkündete der neue Bundeskanzler eine *Zeitenwende* und verwandelte bis dahin geltende Grundfesten seines Staates. Aus Partnerschaft gegenüber Russland und später auch China sollten Unterschiedlichkeiten werden, und die Bundeswehr sollte aus einer Art zivilisatorischer Hilfsorganisation wieder zu einer Kampftruppe umgebaut werden. Die bis dahin gültige Doktrin, dass Deutschland ausschließlich von Freunden umgeben sei, wurde aufgegeben zugunsten der These, dass das Land verteidigungsfähig sein müsse. Pazifismus wurde unmodern, und das Volk trug diese abrupte Zeitenwende mit.

Beauftragte und Ämter

Seit längerer Zeit ist es im Bund, in den Ländern, in den Kreisen, in vielen Behörden, in den Kommunen und überhaupt in allen Ämtern des Öffentlichen Dienstes üblich geworden, spezielle Aufgabenbereiche aus der Allgemeinen Verwaltung auszugliedern und diese dafür extra bestellten „Beauftragten" zu übergeben.

Mittlerweile gibt es fast überall Beauftragte für

Datenschutz,

Frauen,

Ausländer,

Umwelt,

Menschenrechte,

den Osten Deutschlands

und manches andere. Alle politischen Parteien haben solche Institutionen, und Private machen ebenfalls davon Gebrauch.

Beauftragte sind der Chefin oder dem Chef der jeweiligen Institution direkt verantwortlich und haben meist das Interventionsrecht. Sie beschäftigen fachliche sowie technische Mitarbeiter, die oft wie in eigenen Behörden organisiert sind. Häufig sind die Beauftragten mit dem Öffentlichkeitsrecht ausgestattet, können also selbstständig an die Presse und andere öffentliche Institutionen gehen. In der Politik werden Personen gern zu Beauftragten ernannt, die eine besondere „Nähe" zugleich zum Behördenchef und ihrem Aufgabengebiet haben. Formale Einstellungskriterien gibt es nicht, und immer wieder kommt es vor, dass Beauftragte einen demokratiebedingten Wechsel in der Amtsleitung überstehen. Beauftragte werden in Organigrammen als *„Stäbe"* an der Spitze dargestellt, während die hierarchisch gegliederten Verwaltungen als *„Linien"* gelten.

Beauftragte gab es schon vor der Ampel; aber die Ampelkoalition hat ihre Legitimation verstärkt. Häufig bewerten Beauftragte ihre politische Bedeutung höher als die Linie, besonders wenn sie einer Partei „nahestehen". Die Beauftragten wurden durch die „Ampel" dadurch aufgewertet, dass ihre Themen auf der Regierungsagenda weit oben stehen. Sie sollen als dynamische Elemente konservative Strukturen der Ministerien kompensieren.

Demokratisch legitimiert sind sie jedoch nicht.

Mikropolitisch kommt es beim Beauftragtenwesen zu einer Rivalität zwischen Stab und Linie. Gerade in der „Ampel" fühlen sich Beauftragte oft als zeitgemäße Innovatoren, und die Linien werden als bürokratische und störrische Bremser angesehen.

Doch das ist Schnee von gestern. Seit dem Krieg in der Ukraine ist es in Deutschland uninteressant geworden, was Beauftragte meinen. Das Sagen haben seitdem wieder die Kabinettsmitglieder und unter ihnen besonders der Bundeskanzler und der Wirtschaftsminister.

Sie bestimmen den Kurs.

Die Welt

Schnell nach Amtsantritt muss eigentlich jede deutsche Bundesregierung realisieren, dass das Land in unterschiedlichste internationale Verflechtungen eingebunden ist, auf welche sie Rücksicht nehmen muss. Da gibt es spezifische Beziehungen und Verantwortlichkeiten, relevante internationale Konstellationen, Vertragswerke, internationale Organisationen und Bündnisse. Die Welt ist verflochten, und im Innern eines Staates spürt man oft nicht, wie stark diese Verflechtung tatsächlich vorangeschritten ist.

Im Falle Deutschlands bestehen zumindest diese Parameter, die jede Regierung zu beachten hat:

- Spezifische Beziehungen hat Deutschland zweifellos seit der NS-Zeit zu *Israel* und damit zu seinen arabischen Nachbarn. In anderer Weise ist die *Türkei*, das Land mit den großen Zuwanderungen nach Mitteleuropa, ein besonderer Fall. Historisch betrachtet sind auch *Österreich* und die *Schweiz* aus deutscher Sicht besonders zu beachtende Länder.

- Relevante internationale Konstellationen bestehen für Deutschland weiterhin gegenüber den *USA, Russland* und *China.*
- Die USA sind der große Bruder Deutschlands, haben es nach 1945 gewissermaßen reanimiert. Die Demokratie in Amerika und die dortige Alltagskultur sind noch immer Maßstab für Deutschland.
- Russland ist seit Jahrhunderten mit Deutschland mal in guten, mal in schlechten Zeiten eng verbunden. Es kann aus Berliner Sicht niemals gleichgültig sein. 2022 versuchte Deutschland, Russland abzuwerten.
- China ist mächtiger Handelspartner Deutschlands. Deutschland braucht – in welchem Maße auch immer – China als Wirtschaftsmacht. Bleibt das so?
- Diverse *Vertragswerke,* so die „2-plus-4"-Vereinbarungen, der Atomwaffensperrvertrag und vielfältige Auflagen beim Rüstungsexport, haben das Land gebunden. Wie wird das zukünftig sein?
- Internationale Organisationen und Bündnisse haben Teile der Souveränität Deutschlands übernommen. Sie binden Deutschland ein und machen es zum Teil internationaler Geflechte. Solche Bündnisse wurden ursprünglich teilweise geschaffen, um Deutschland, das lange nach 1945 als gefährlich eingeschätzt wurde, einzuhegen.
- Derartige Organisationen sind die UNO (Vereinte Nationen), die NATO (Nordatlantischer Verteidigungspakt) oder die EU (Europäische Union).
- Bei der UNO werden – meist durch deren Vollversammlung – international verbindliche Leitlinien beschlossen, die NATO ist ein Militärbündnis, und die EU ist ein Staatenbündnis, in dessen Kompetenz manche Souveränitäten ihrer Mitgliedsstaaten übergegangen sind.

- Seit dem Ukraine-Krieg 2022 musste zudem jedem Deutschen klar geworden sein, dass Deutschland mit dieser ehemaligen Sowjetrepublik schon lange verbunden ist.
- Die Ukraine war in der Nazi-Zeit ein Schlachtfeld des Zweiten Weltkrieges. Über das Schicksal Deutschlands wurde zwischen den „Großen Drei" (USA, Sowjetunion, Vereinigtes Königreich) auf der Krim entschieden. Tschernobyl löste später deutsche Ängste aus, und nach 2022 mauserte sich das mittlerweile selbstständige Land fast zu einem Verbündeten der Bundesrepublik Deutschland.

Es ist ein Gründungsmythos des neuen Deutschlands nach 1945, dass es mit dem Judenstaat *Israel* aufs Engste verbunden bleiben muss und dass es niemals eine Politik betreiben darf, die Israel schaden könnte.

Die *Türkei* ist fast kein „Ausland" mehr. Die deutsche und die türkische Innenpolitik sind miteinander verwoben. Einige innenpolitische Maßnahmen in der Türkei bedürfen der Abstimmung mit Berlin, wie vieles in Deutschland mit Ankara abgestimmt werden muss. Und seit 2021 hat Deutschland einen türkischstämmigen Minister.

Österreich und die *Schweiz* sind nicht normales Ausland, sondern historisch relevante Elemente gemeinsamer Geschichte.

Die *USA* sind und bleiben die Hegemonialmacht Nachkriegsdeutschlands. *Russland* ist seit Jahrhunderten Mitspieler der deutschen Innenpolitik – im Guten wie im Bösen.

Die „Volksrepublik" *China* lockt mit dem Weg in eine neu definierte Rolle Deutschlands in der Welt. Wie in Russland auch gelten in China jedoch andere Maßstäbe bei Menschenrechten als in der Bundesrepublik.

In die *UNO* will sich Deutschland fest integrieren, wie der nie aufgegebene Wunsch nach einem ständigen Sitz im Weltsicherheitsrat zeigt.

Militärisch würde Deutschland am liebsten ganz in der NATO aufgehen, allerdings zu der Bedingung, dass es anderen Mitgliedsstaaten ebenso ergehe. Seit dem Ukraine-Krieg besinnt man sich jedoch wieder auf die eigene Stärke.

Die *EU* schließlich würde Deutschland gern anführen. Dabei sollten Frankreich und die anderen Länder folgen, und es dürfte keine Macht der EU-Bürokratie geben. Frankreich jedoch und die anderen Mitgliedsstaaten entwickelten eigene Leitlinien. Die EU-Kommission ist mittlerweile so mächtig geworden, dass sie selbst für das „große" Deutschland mitentscheiden kann.

Seit abertausende Flüchtlinge aus der *Ukraine* nach Deutschland kamen und seitdem diesem Staat im Zuge des Krieges bis dahin nicht für möglich gehaltene Zuwendungen gewährt wurden, ist die Ukraine sehr eng mit Deutschland verwoben.

Die Neue Soziale Frage

Ende Januar 2022 verkündete Wirtschaftsminister Habeck, er wolle die „soziale Marktwirtschaft" zu einer „sozial-ökologischen" Marktwirtschaft umgestalten. Es ginge darum, ökologische Negativfolgen des Wirtschaftens zu eliminieren.[73] Der Rückgriff auf die „soziale Marktwirtschaft" war erstaunlich, denn zumindest der einstigen Spitzenkandidatin der Grünen war diese Grundeigenschaft der alten Bundesrepublik im Wahlkampf unbekannt gewesen.

Die Grünen nahmen sich vor, in der Ampelkoalition den traditionellen Anspruch Deutschlands, eine „soziale" Demokratie zu sein, um die Ökologie zu erweitern. Gas und Strom zum Beispiel – allseits begehrte Energieträger – müssten sich verteuern, wenn der CO_2-Ausstoß reduziert werden sollte. Geringverdiener könnten diese notwendigen Preissteigerungen jedoch nicht tragen und müssten daher von der

---

73 *Der Tagesspiegel*, Nr. 24788 vom 27.1.2022, S. 1: Bund rechnet mit weniger Wachstum und mehr Inflation.

öffentlichen Hand subventioniert werden. Wie hoch derartige Subventionen wären, wer sie erhalten würde, wie sie ausgezahlt werden – das alles müsse konzeptionell erarbeitet werden.

Die Liberalen werden aufpassen müssen, dass es trotz aller Subventionsmaßnahmen weiterhin ein Einkommensgefälle in der deutschen Gesellschaft gibt, denn auf dessen Leistungsanreize kann nicht verzichtet werden.

Das Ziel, bei allen inneren Umbaumaßnahmen den Wohlstand in der Bundesrepublik zu erhalten und diesen sogar zum Exportschlager zu machen, war sehr ambitioniert. Seine Realisierbarkeit könnte über den Erfolg der Ampelkoalition insgesamt entscheiden.

- 2022 musste der in Deutschland verbreitete Widerstand gegen weitere *Windräder* überwunden werden. Bürgerinitiativen gerade in Süddeutschland hielten deren Vermehrung für gefährlich, und sie argumentierten dabei ökologisch.
- Andererseits mussten geeignete Technologien wie bei der Sonne oder dem Wasser entwickelt werden, wenn der Habecksche Plan überhaupt eine Chance bekommen sollte. Wie macht man beispielsweise „*grünen Wasserstoff*" im Industrieland Deutschland verfügbar?

Die „Ampel" würde viel Zeit brauchen, um alle Probleme lösen zu können. Sie hat sich aber allem zum Trotz zum Ziel gesetzt, schnell neue Energieträger zu schaffen und diese einzusetzen.

Beim Bauen war die „Ampel" bald auf die Tücken der Verwaltungsrealität gestoßen.

Trotz aller Probleme hoffte die „Ampel", dass die deutschen Energieversorger die neue Politik mittragen könnten. Da sah sich Deutschland von den westlichen Verbündeten gedrängt, seine Energieabhängigkeit von Russland zumindest zu reduzieren, seitdem in der Ukraine der Krieg wütete. Auch in der deutschen Öffentlichkeit mehrten sich Stimmen, die das forderten. Als Anfang April aus der von Russland wieder freigelassenen Stadt Butscha Bilder von ermordeten und gefolterten Zivilisten erschienen, wuchs der Druck, die Lieferungen aus Russland gänzlich zu stoppen. In der gesamten EU und besonders in Deutschland drohte das Szenario, dass ganze Industriezweige, Städte und die Haushalte spätestens im Winter 2022/2023 ohne Energie sein könnten.

Würde die neue Regierung in Berlin diesen Umschwung managen können?

„Neue" Themen

Klima

„Klima" war von Anfang an das alles beherrschende Thema der Ampelkoalition und ihres vorausgegangenen Wahlkampfes. Nicht nur dies – sämtliche politischen Parteien rückten 2021 ihre jeweiligen Klimakonzepte in den Mittelpunkt, und sie befanden sich damit im Einklang mit der Agenda der deutschen Öffentlichkeit auch jenseits des politischen Systems. Der Weltklimarat der Vereinten Nationen hatte die öffentliche Meinung in Deutschland geprägt.

Die der lange währenden „Ära Merkel" folgende Regierung Scholz legte sich auf das Ziel fest, die Erderwärmung langfristig nicht über zwei Grad steigen zu lassen. Dabei sollten wärmereduzierende Maßnahmen so schnell wie möglich wirken. Alles öffentliche Leben, alles Wirtschaften sollte diesem Ziel untergeordnet werden. Dabei galt als ausgemacht, dass die Erderwärmung „menschengemacht" sei, und es sei richtig, die Klimaziele speziell für Deutschland anzustreben – egal, was die übrige Welt tue.

Kohle, Erdöl, Erdgas und Atomenergie seien umweltschädlich und daher in Deutschland Schritt für Schritt zu reduzieren. So könne sich das Land vom umweltfeindlichen CO_2 befreien, und es sei obendrein die Absicht der Ampelregierung, dabei Produktionsformen zu entwickeln, die Deutschland zum Exportschlager in der Welt machen könnten. So würde der Wohlstand im Lande langfristig gesichert.

Wenn andere Industrienationen das eine oder andere bei dieser Vision anders sähen, dann lägen sie falsch. Das gelte auch für Frankreich, das auf Atomenergie setze; auch für Polen, das weiterhin an der Kohle hänge.

Um die Klimaziele hierzulande zu erreichen, müsse der Staat ins Wirtschaftsgeschehen mit Restriktionen und Subventionen eingreifen. So seien bei Autos die Benzinfahrzeuge zu verteuern, Elektro- und Wasserstofffahrzeuge zu fördern. Die Gebäudesubstanz im Lande sei umweltfreundlich zu gestalten, die Bauwirtschaft sei zur Reduktion des CO_2-Ausstoßes zu bewegen, und die Menschen seien – etwa bei der Mobilität oder bei der Nahrung – zu umweltfreundlicherem Verhalten zu veranlassen.

Die Ampelregierung glaubte an die Machbarkeit der Dinge, trat für eine Versöhnung von Gleichheit und Leistungsbereitschaft der Menschen ein, hielt die Wissenschaft für den Wahrheitsgeber und glaubte an eine Möglichkeit zur Leistungssteigerung der Menschheit durch weniger Diskriminierung bestimmter Rassen, einzelner Geschlechter und Alterskohorten.

Oberstes Ziel aller Politik sei es, der Natur keinen weiteren Schaden zuzufügen und Eingriffe und Veränderungen zu vermeiden, um die Umwelt auch für kommende Generationen bewahren zu können.

Feminismus

„Frauen und Männer sind gleichberechtigt." Dieser Satz war gestern noch ausreichend. Die Ampelkoalition behauptete aber, dass der Anspruch des Grundgesetzes erst erfüllt werden könne, wenn Frauen verstärkt in Führungspositionen einrückten. Die Verdienstmöglichkeiten müssten angeglichen werden; Quoten sollten die Gleichwertigkeit der Geschlechter vor allem in Wirtschaft, Verwaltung und Politik herstellen; die Sprache müsse so gestaltet werden, dass unterschiedliche

Bewertungen von Frauen und Männern vermieden werden. Überhaupt dürfe es keine gesellschaftlichen Unterschiede zwischen Frauen und Männern geben. Dagegen hätte sich über Jahrtausende ein maskulines Herrschaftssystem etabliert, das jetzt gebrochen werden müsse. Im Übrigen gäbe es nicht nur „weiblich" oder „männlich", sondern zahlreiche weitere Geschlechter. Stellenausschreibungen gingen grundsätzlich nur mit dem Anforderungsprofil „m/w/d", wobei „d" für „divers" steht und die Vielfalt weiterer Geschlechter neben den traditionellen meint. Weil die Macht noch überwiegend in männlichen Händen liege, sei im Zweifel eine Bevorzugung weiblicher Aspiranten bei der Besetzung von Machtpositionen erforderlich.

Die Benachteiligung, ja Herabsetzung von Frauen in allen Bereichen des menschlichen Lebens müsse aus allen Köpfen verschwinden. Fast überall auf der Welt seien patriarchale Gesellschaften entstanden. Männer würden die kleinen und großen Machtpositionen besetzen, und den Frauen bliebe meist nur das Private. In der bürgerlichen Gesellschaft seien die Frauen auf „Heim und Herd" gedrängt worden, während den Männern alle extern orientierten Positionen vorbehalten blieben. Männer waren es, die Karrieren in Berufen machten, die Politik bestimmten, die Kunst dominierten und sogar als Priester den Weg zu Gott wiesen.

In den modernen Industriegesellschaften wirke das altertümlich. In der Praxis sähe es mittlerweile anders aus: Ehemänner versorgten Kinder und besorgten den Haushalt, Frauen machten in der Wirtschaft, der Verwaltung und der Politik Karriere, und sogar in der Katholischen Kirche komme die Debatte auf, dass Frauen ebenfalls Priester werden könnten.

Aber wie sollte Derartiges verbalisiert werden? Vor allem unter jungen Frauen machte sich die feministische Bewegung breit, und dort entstanden Ideen, wie man die gesellschaftliche Realität über die bewusstseinsprägende Sprache und Schrift ändern könne. So kamen das „I", die „*" und die „:" auf. Kaum wurden diese Zeichen aufgeladen, wüteten Kritiker dagegen. Der Kampf des Feminismus drohte ideologisch zu werden.

Es gab auch Abmilderungsversuche. Besonders in „bürgerlichen" Betrieben und Parteien wurde gesagt, es brauche keine Förderprogramme und keine Quoten, denn Qualität setze sich unabhängig vom Geschlecht durch. Und auch dies: Einige ehrgeizige Männer resignierten, weil sie glaubten, die vielen Förderprogramme für Frauen behinderten ihre möglichen Karrieren.

Dann kam der Krieg in der Ukraine. Überwiegend Männer standen in Waffen da, wurden in Elend und Tod geschickt. Sollte der Feminismus auch hier Gleichberechtigung fordern? Das schien absurd, und die Frage verschwand schnell, als die Bilder der vielen durch den Krieg zu Schaden gekommenen Frauen und ihrer Kinder über die Bildschirme flimmerten.

Die „Ampel" cancelte ihre Feminismus-Programme nicht, aber sie rückte sie in den Hintergrund: Wenn auch Bilder gefolterter und getöteter Männer auf die Bildschirme kamen, hätte niemand gewusst, was beispielsweise eine „feministische Außenpolitik" dagegen tun könnte.

Rassismus

Mit dem Wechsel in der Bundesregierung begann zugleich eine neue Rassismus-Debatte. Es galt endgültig als diskriminierend und politisch nicht korrekt, Menschen nach ihrer Herkunft oder Rasse zu beurteilen. Das kam aus der Gesellschaft, und die neue Koalition hatte es aufgenommen. Der Wertekanon aus der Zeit vor dem Zweiten Weltkrieg war endgültig verworfen. Bewirkt hatten das – teilweise epochale – Ereignisse.

- Die Ermordung von Millionen von Juden und Angehörigen anderer Völker in Europa durch die Nationalsozialisten,
- die bis 1945 in Deutschland geltende Ideologie, nach der es höher- und minderwertige menschliche Rassen gab,

- das Kennenlernen nichtweißer Menschen vor allem durch die amerikanische Besatzung unmittelbar nach 1945,
- der stets erfolgende Import kultureller Entwicklungen aus den USA und schließlich
- die von der Regierung Angela Merkels geduldete massenhafte Zuwanderungen von Flüchtlingen aus aller Welt nach Deutschland.

Konnte noch der sozialdemokratische Ministerpräsident von Nordrhein-Westfalen, Heinz Kühn, während seiner Regierungszeit in Düsseldorf von 1966 bis 1978 behaupten, Deutschland sei „kein Einwanderungsland", so würden alle „Ampelparteien" nach 2021 eine derartige Behauptung als politisch unkorrekt und verwerflich zurückweisen.

Die verbreitete Sicht der Bundesregierung und der öffentlichen Meinung ab 2021 ist, dass Vielfalt und Gleichheit sich nicht ausschlössen und dass solche Vielfalt der Bewohner des Landes mit allen Konsequenzen verwirklicht werden müsse. Wer sich dem entgegenstelle, müsse in Kauf nehmen, als „Rechtsradikaler" bezeichnet zu werden.

Rassismus war auch in der Zeit vor der Ampelkoalition verwerflich und tabuisiert. Nur die Maßstäbe sind strenger geworden. Seit 2021 ist Antirassismus offizielle Doktrin und gehört zur allgemein geforderten politischen Korrektheit.

Am Reichstag in Berlin – dem Sitz des Bundestages – stehen in Stein die Worte „Dem deutschen Volke". Einst – zur Kaiserzeit – war klar, wer mit dem „deutschen Volke" gemeint war: die Gesamtheit der einheimischen Menschen im Reich. Die überwältigende Mehrheit dieser Menschen, das war damals klar – war deutschstämmig, hatte einheimische Vorfahren. Doch durch die Möglichkeiten zur Mobilität im 20. Jahrhundert wurde vieles durcheinander gewirbelt. Nicht mehr der Geburtsort eines Menschen bestimmt seine „Volkszugehörigkeit", sondern der Wohnort. Wer beispielsweise in Köln lebt, ist „deutsch" – egal, ob der Geburtsort dieses Menschen Paris, Moskau, Istanbul,

Teheran, New York oder Hamburg heißt. „Deutsch" ist, wer in der Bundesrepublik Deutschland lebt.

Durch das Beispiel Ukraine könnte sich die „Ampel" mit ihrer Antirassismus-Politik bestätigt fühlen. In dieser ehemaligen Sowjetrepublik leben viele Völker. Ein Vorwand Moskaus, dort einzumarschieren, war, dass der russischsprachige Teil der Bevölkerung der Ukraine geschützt werden müsse. Diese Behauptung sicherte dem Kreml im eigenen Inland eine satte Zustimmung für das Vorgehen in einem anderen Land. Umgekehrt gab es immer wieder Bestrebungen in der Ukraine selbst, Russisch als Sprache zurückzudrängen und durch Ukrainisch zu ersetzen. War das kein Rassismus auf beiden Seiten, und hat das nicht eskalierend gewirkt? Schließlich gibt es viele Staaten auf der Welt, die Zweisprachigkeit im Innern zulassen und so Frieden zwischen Bevölkerungsgruppen ermöglichen.

Menschenrechte

Die Forderung nach der Verwirklichung von Menschenrechten ist für die Bundesrepublik nicht neu, steht aber bei der Ampelkoalition weit oben auf der Agenda. Dabei ist gar nicht eindeutig, was mit dem Begriff „Menschenrechte" gemeint ist. Dass alle Menschen – Geschlechter, Rassen, Nationen und Altersgruppen – gleichwertig sein sollen, wird oft betont. Andererseits haben wohl alle Staaten der Erde Bildungssysteme aufgebaut, die Ungleichheiten verstärken oder sogar produzieren. Auch die Arbeitswelten fußen meist auf sozialen Unterschieden, die manchmal mit den jeweiligen Bildungssystemen korrelieren. Es ist eine hohe Kunst der Politik, solche systemischen Unterschiede und das Postulat der Gleichwertigkeit in Einklang zu bringen. Die deutsche Ampelkoalition will sich hierum bemühen.

Menschenrechte können im In- und im Ausland eines Staates gelten. In Deutschland gibt es das Grundgesetz,[74] das die Menschenrechte als Gleichheit vor dem Gesetz definiert, was vielen Bürgern nicht ausreicht. Daraus resultiert oft die Forderung nach einer Erweiterung dieses Verfassungstextes.

Es gibt auf der Welt manche Menschenrechtsdefizite. In der öffentlichen Debatte Deutschlands rückte diese Tatsache in den zwanziger Jahren des 21. Jahrhunderts stärker in den Vordergrund. Insbesondere von Bundeskanzlerin Angela Merkel wurde erwartet, dass sie dieses Thema bei ihren vielen Besuchen in China deutlich anspreche. Es wurde geargwöhnt, sie unterließe dies vor allem mit Rücksicht auf Wirtschaftsbeziehungen mit China. Ähnlich war die Situation bei Russland und bei der Türkei.

Die neue Bundesregierung mit der Außenministerin Annalena Baerbock versprach daraufhin, besonders in der Außenpolitik auf die Einhaltung von Menschenrechten in anderen Ländern zu achten. China speziell wurde vorgeworfen, es unterdrücke das muslimische Volk der Uiguren.[75]

Eine menschenrechtsorientierte Außenpolitik der Bundesrepublik setzt eine in dieser Hinsicht „reine Weste" im Innern voraus. Aber ist Deutschland Musterland bei der Realisierung von Menschenrechten? Es wird sich zeigen, ob hier eine Angriffsflanke für die „Ampel" besteht. Jedenfalls wird häufig beklagt, auch hierzulande würden Rechte von Minderheiten beschnitten, würde die Justiz infolge Überlastung zu oft versagen, würden einzelne Gruppen – denen besondere Ressourcen zu Verfügung stünden – sich der Allgemeinheit gegenüber rechtwidrig

---

74 Hans Jarass/Bodo Pieroth, *Grundgesetz für die Bundesrepublik Deutschland*, <Text und Kommentar>, 12. Auflage, München 2012.

75 Dazu „wikipedia": „Uiguren sind eine turksprachige Ethnie, die ihren Siedlungsschwerpunkt im Gebiet des ehemaligen Turkestans hat, insbesondere im heutigen chinesischen Uigurischen Autonomen Gebiet Xinjiang. Die Uiguren gehören nahezu alle der Glaubensgemeinschaft des Islam an." https://de.wikipedia.org/wiki/Uiguren (Zugriff 14.2.2022).

durchsetzen können, gingen manchmal sogar Staatsorgane brutal gegen Bürger vor.

Der Überfall Russlands auf die Ukraine zeigt zudem, dass es auf der Welt große Nationen gibt, die bei Menschenrechten unsensibel sind, da sie noch nicht einmal das Völkerrecht achten. Andere Nationen kommen aus kollektivistischen Kulturen und verstehen Menschenrechte europäischer Art überhaupt nicht.

Es scheint, die „Ampel" wird besonders beim Thema „Menschenrechte" einen langen Atem benötigen.

Geschlechtervielfalt

Die klassische Frage nach der Entbindung eines Menschen lautete in der Vergangenheit: „Ist es ein Mädchen oder ein Junge?" Alle wussten, dass es in der Natur zwei Geschlechter gäbe: weiblich und männlich. Mittlerweile jedoch sagen viele, es gäbe mindestens noch ein drittes Geschlecht – divers.

Diese Erkenntnis haben Betroffenengruppen in den westlichen Demokratien durchgesetzt – vor allem in Amerika ist sie Norm geworden und danach auch in Westeuropa. Stellen sich die Menschen damit über die Natur? Im Kindsbett allerdings stimmt die alte Weisheit weiterhin: Es gibt nur zwei Geschlechter.

Aber Kinder wachsen heran, und irgendwann erklären einige von ihnen, sie seien weder „weiblich" noch „männlich", sondern „divers". Längst haben das alle Institutionen auch in Deutschland gemerkt – Firmen, die Politik und ebenso die Verwaltungen – und ihre Stellenausschreibungen fortan mit den Kürzeln „w/m/d" versehen. Qualifizierte Arbeitnehmer sind stets willkommen – egal, welchen Geschlechtes sie sind.

Fast immer wird die Geschlechterzugehörigkeit eines Menschen an der sexuellen Orientierung festgemacht. Was gestern als Privatsache galt, wurde öffentlich und allgemein relevant. Die Forderung nach

Gleichheit von Männern und Frauen wurde quantifiziert und materialisiert:

1. Frauen sollen in Spitzenpositionen ihrem Anteil an der Gesamtbevölkerung entsprechend vertreten sein. Wo es einen Männerüberschuss gibt, wird Ausgleich gefordert, und die Erhöhung des Frauenanteils wird zur politischen Forderung. (Dieselbe Rechnung wird übrigens für Basispositionen mit geringem Prestige nicht erhoben.)
2. Als fester Indikator für die Wertigkeit eines Menschen – Frau oder Mann – gilt seit eh und je das Gehalt im Beruf. Aus dieser Tatsache resultiert eine besondere politische Forderung. Frauen und Männer müssten gleich viel verdienen, wenn die Gleichheit der Geschlechter verwirklicht werden soll.

Was für die soziale Stellung von Frauen und Männern gilt, gilt genauso für Diverse. Jede Person in vergleichbaren beruflichen Positionen müsse gleich viel verdienen und bekommen, egal ob es sich um Frauen, Männer, Homosexuelle, Lesben oder bisexuell Veranlagte handelt.

Um die Gültigkeit dieser Norm zu belegen, müsse sich die Vielfalt der Gesellschaft in der Besetzung von Führungspositionen spiegeln. Insofern handelten die Grünen korrekt, als sie Anfang 2022 eine Person als Vorsitzende wählten, die ihre sexuelle Orientierung als „bi" kennzeichnete. Die Grünen erwiesen sich damit als eine politische Partei, die den Paradigmenwechsel in der Gesellschaft nicht nur mitmachte, sondern vorantrieb.

Doch wenn die eigene Geschlechtsidentifizierung während der Adoleszenz möglich ist, müsste sie auch im weiteren Leben erfolgen können. Eine solche „evolutionäre Geschlechtervielfalt" könnte zukünftig in die Diskussion eingeführt werden …

Apropos Lesben und Homosexuelle: Sie sind beim Thema „Geschlechtervielfalt" ebenfalls gemeint. In Deutschland gab es einst den § 175 des Strafgesetzbuches, der Homosexualität verbot. Lange nach der Nazizeit wurde er abgeschafft; aber ein Homosexueller konnte deswegen in der Bundeswehr noch lange keinen höheren Posten bekleiden. Mittlerweile ist das anders, und die Regenbogenfahne symbolisiert alle Bereiche der „Geschlechtervielfalt". Das ist merkwürdig, denn Fahnen sind ansonsten eigentlich als altväterliche Symbole verpönt.

2022 ist eine Macht auf den Plan getreten, der Derartiges als dekadent gilt. In Russland und anderen Ländern ist Homosexualität nach wie vor verboten. Die „Ampel" hat sich das Ziel der „Geschlechtervielfalt" zu eigen gemacht. Sie muss sich damit im Innern Deutschlands noch durchsetzen. Ob ihr danach der „Rest" der Welt folgen wird, steht noch in den Sternen.

Aber vorerst muss sich die neue Regierung Deutschlands mit Projekten wie der „Stärkung der Bundeswehr", „Sanktionen", „Waffenexport" oder „Energiesicherheit" herumschlagen.

Da muss die Anerkennung der „Geschlechtervielfalt" eben warten.

Rauschgift

Bei „Synanon" – der Anti-Rauschgiftorganisation – durfte niemand die Räumlichkeiten betreten, der irgendein Rauschmittel oder auch Zucker bei sich hatte. Es war Standard der „alten" Bundesrepublik, dass Rauschmittel wie Cannabis, Kokain, Haschisch, Marihuana oder Crack tabuisiert wurden und insbesondere Jugendliche von ihnen fernzuhalten seien. In Filmen und Publikationen wurden die verheerenden Wirkungen des Rauschgifts drastisch dargestellt. Rigorose Befürworter des Rauschgifttabus verwiesen darauf, dass Alkohol und Tabak ebenfalls Rauschmittel seien und auch verboten gehörten.

In Alternativ- und Jugendszenen dagegen galt das Tabu des Staates nicht. Mancherorts wurde es chic, wenigstens einmal im Leben illegal konsumiert zu haben, und die sich allmählich organisierende Szene machte den illegalen Rauschgiftgebrauch zu ihrem Markenzeichen. Zudem lockerten andere Staaten – wie zum Beispiel die Niederlande – das Rauschgiftverbot sukzessive. Schließlich setzte ausgerechnet die

Schulmedizin Rauschmittel sukzessive bei der Schmerzbekämpfung ein und trug damit zu einem allgemeinen Enttabuisierungsprozess bei.

Umstritten blieben die Rauschmittel jedoch weiterhin, auch als 2021 die „Ampel" kam. Im Koalitionsvertrag wurde angekündigt, dass die kontrollierte Abgabe von Cannabis an Erwachsene auch zu Genusszwecken in lizensierten Läden erlaubt werden solle.[76] Diese Initiative ging sicher auf die Koalitionspartner Grüne und FDP zurück. Sie orientiert sich offensichtlich an der Praxis in den Niederlanden.

Durch den Ukraine-Krieg ist die Rauschgift-Initiative der neuen Bundesregierung gewiss nicht obsolet geworden, hat aber doch an Bedeutung verloren. Andererseits bereiten Händler unabhängig vom Krieg die legale Abgabe von Rauschgift eifrig vor. Ist das ein kleiner Sieg des Wirtschaftsflügels der FDP innerhalb der „Ampel"?

---

76 S. *Berliner Morgenpost* vom 24.11.2021, Martin Nefzger, Cannabislegalisierung. Die Pläne im Ampelkoalitionsvertrag.

VI.
Parteien

IV.

Porträt

Neuformierung der Union

Parallel zu den „Ampel"-Verhandlungen bereitete sich die CDU auf eine Erneuerung vor. Vor einem Deutschlandtag der Jungen Union stellte sich Armin Laschet seiner Verantwortung für die Wahlniederlage der Union und kritisierte indirekt seinen bayerischen Konkurrenten Markus Söder. Es schälte sich die Absicht heraus, die gesamte Parteiführung zu erneuern.

Der scheinbare Niedergang der Union, der alten Adenauer-Partei, war epochal. Der Vorsitzende der CDU des Jahres 2021, Armin Laschet, erkannte zwei Wochen nach der Wahl, dass die Regierungszeit seiner Partei vorbei war und diese zu einer Kleinpartei zu schmelzen drohte. Er gab sein Amt als Ministerpräsident Nordrhein-Westfalens auf und kündigte den Rücktritt als CDU-Vorsitzender an. Sein Plan war es, den eigenen Abgang in der Partei zu moderieren und das Ergebnis seiner Bemühungen einem CDU-Bundesparteitag zur Abstimmung vorzulegen.

Doch sein Nimbus schien dahin zu sein. In der Partei rumorte es. Es kam die Idee auf, die Kreisvorsitzenden als „Königsmacher" der CDU zu etablieren. Auch Urabstimmungen wurden gefordert.

Als Nachfolger Laschets im Amte des Parteivorsitzenden boten sich zunächst an: Friedrich Merz, Norbert Röttgen und Jens Spahn. Merz und Röttgen favorisierten eine Mitgliederbefragung; Spahn schien nach seiner Fehleinschätzung über den Anteil der Corona-Geimpften in Deutschland Chancen eingebüßt zu haben. Am Ende zog er nicht ins Rennen. Auch der mittlerweile wiedergewählte Fraktionsvorsitzende der CDU/CSU im Bundestag, Ralph Brinkhaus, schien ein Anwärter zu sein, stieg aber nicht in den „Ring".

In der Partei kamen eigenwillige Diskussionen auf. Eine Frau gehöre in die Kandidatenrunde, hieß es, und: „Wieso sollten eigentlich nur Männer aus Nordrhein-Westfalen kandidieren?"

Spahn und Brinkhaus traten am Ende nicht an. Da meldete sich der noch amtierende Chef der Staatskanzlei, Helge Braun. Der Mediziner stammte aus Hessen und war als kommender Ministerpräsident in diesem Land vorgesehen.

In der CDU und in der CSU konnte bis dahin nur oben bleiben, wer „Beute" machte. Verlierer brachten auch anderen Mandatsträgern Verluste, rissen etliche mit ins Aus und wurden vom Hof gejagt. Gewinner hingegen brachten auch anderen etwas ein und durften bleiben. So hat sich Angela Merkel sechzehn Jahre lang gehalten, denn viele profitierten von ihr. Das hatte echte CDU-Tradition.

Doch im September 2021 war Schluss damit. Zwar hatte Merkel die Union inhaltlich zerbröselt. Aber unter ihrem Schirm hatten viele CDUler gut gelebt. Zu diesen hatte Armin Laschet gehört.

Würde sich mit einem Neuanfang auch die Machtstruktur in der Partei ändern? Das könnte die gesamte Republik umkrempeln.[77]

Das Stück „Neuformierung der Union" wurde auf der Nebenbühne der Koalitionsverhandlungen der „Ampel" gegeben. Je unwahrscheinlicher ein Scheitern der „Ampel" wurde, desto ernsthafter bemühten sich Unionsaktivisten um einen Neuanfang. Ein Berg von Problemen tat sich auf. Um wieder Staatspartei zu werden, müssten CDU und CSU selbst eine zeitgemäße Legitimationsstrategie entwickeln – so wie Konrad Adenauer einst bei der Gründung der Union. Konnten sie das schaffen; wollten sie das überhaupt? War so etwas noch möglich?

Ende Oktober 2021 trafen sich in Berlin die Kreisvorsitzenden der CDU. Sie entschieden mit großer Mehrheit, den neuen Vorsitzenden der Partei durch Urwahl und eine abschließende Bestätigung durch

---

[77] Einst schien es, als sei die alte Bundesrepublik Deutschland mit Bonn als Hauptstadt ein reiner „CDU-Staat" gewesen. Dazu: Jürgen Dittberner, *Schwarz-Gelb in Berlin. Entstehung, Krisen, Chancen*, Berlin 2011 sowie Franz Walter/Christian Werwath/Oliver D'Antonio, *Die CDU. Entstehung und Verfall christdemokratischer Geschlossenheit*, Baden-Baden 2011.

einen Bundesparteitag zu bestimmen. Die Zukunft sollte offensichtlich in einem avantgardistisch anmutenden und zugleich in einem traditionellen Verfahren kommen.

Die endgültigen Bewerber um den CDU-Vorsitz waren Friedrich Merz, Norbert Röttgen und Helge Braun. Die ebenfalls ambitionierte Brandenburgerin Sabine Buder fand nicht die Mehrheit des Kreisvorstandes Märkisch-Oderland.

Merz wollte nicht länger als „konservativ" gelten und erhob die „soziale Gerechtigkeit" zum wichtigen Thema. Er schlug den früheren Berliner Senator Mario Czaja zum Generalsekretär und die Baden-Württembergerin Christina Stumpp zu dessen Vertreterin vor. Merz und diese Gefolgsleute waren neu in den Bundestag gewählt worden. Ob er im Falle der Wahl zum Parteivorsitzenden auch das Amt des Fraktionsvorsitzenden anstreben würde, ließ Merz seinerzeit offen.[78]

Carsten Linnemann reihte sich in den Kreis der Bewerber ein, indem er sich für das Amt eines stellvertretenen Bundesvorsitzenden der CDU bewarb. Er wollte das inhaltliche Profil der Partei stärken. So setzte er sich für ein junge Menschen verpflichtendes „Gesellschaftsjahr" ein und wollte die Kanzlerschaft in Deutschland auf zwei Wahlperioden begrenzen. Im Falle einer Wahl von Friedrich Merz zum Bundesvorsitzenden sollte er Vorsitzender einer Grundsatz- und Programmkommission der Partei werden.[79]

Auch Helge Braun stürzte sich in die Schlacht. Er lud am 22. November 2021 in die Bundespressekonferenz ein. Die Überraschung war, dass er zwei weibliche Bundestagsabgeordnete der CDU für sein Team vorstellen konnte: Serap Güler, bisherige Integrationsstaatssekretärin in Nordrhein-Westfalen, würde er als Generalsekretärin vorschlagen und die stellvertretende Fraktionsvorsitzende im Bundestag,

---

[78] *Der Tagesspiegel*, Nr. 24720 vom 17.11.2021, S. 1: CDU: Merz holt Czaja in sein Team.

[79] *Der Tagesspiegel*, Nr. 24721 vom 18.11.2021, S. 4: Linnemann will CDU-Vize werden.

Nadine Schön, sollte die Programm- und Strukturentwicklung der Partei planen. Güler betonte, ihr Vater sei als Gastarbeiter nach Deutschland gekommen.

Norbert Röttgen hatte zuvor schon die Hamburger Bundestagsabgeordnete Franziska Hoppermann als Generalsekretärin vorgeschlagen.[80]

Am 17. Dezember 2021 wurde das Ergebnis einer Urabstimmung unter den etwa 444.000 CDU-Mitgliedern bekannt gegeben. An der Urwahl beteiligt hatten sich 66 % der Parteimitglieder. Davon stimmten für Friedrich Merz 62,1 %, 25,8 % für Norbert Röttgen und 12,1 % für Helge Braun.[81] Friedrich Merz hatte es damit im dritten Anlauf geschafft, CDU-Vorsitzender zu werden. Wenn auch die Bestätigung durch einen Bundesparteitag noch ausstand, die „Ära Merkel" war damit auch in ihrer Partei endgültig vorbei, und auf Friedrich Merz ruhten die Hoffnungen der CDU. Würde eine Reinkarnation gelingen?[82]

Man hatte sich ursprünglich auf einen zweiten Durchgang bei der Urabstimmung eingestellt. Doch das war nun obsolet geworden. Der schließlich entscheidende Bundesparteitag war für Januar 2022 geplant.

Am 22. Januar 2022 fand ein virtueller CDU-Parteitag statt und wählte Friedrich Merz mit 94 Prozent der Delegiertenstimmen zum

---

80 *Der Tagesspiegel*, Nr. 24726 vom 23.11.2021, S. 4: Eine schwierige Operation.
81 *Der Tagesspiegel*, Nr. 24751 vom 18.12.2021, S. 1: CDU-Basis macht Friedrich Merz zum Parteichef.
82 Das Echo auf die Inthronisation von Friedrich Merz war ambivalent: Während die CDU-Basis beglückt zu sein schien, war die übrige Öffentlichkeit eher skeptisch. Würde es Merz als gleichzeitiger Vorgänger und Nachfolger von Angela Merkel im CDU-Vorsitz schaffen? Weiter fragten sich externe Beobachter, wie es zu bewerten sei, dass der einst konservative und streitbare Merz nach der langen Ära Merkel plötzlich sozial und friedfertig auftrat. War dieser Persönlichkeitswandel echt, war er gespielt? Zu alledem: *Der Spiegel*, Nr. 52 vom 24.12.2021, S. 34ff.: Schon verrückt.

CDU-Vorsitzenden. Merz bedankte sich und sagte, er sei gerührt.[83] Auch Mario Czaja, der frühere Berliner Senator und von Merz nunmehr als CDU-Generalsekretär vorgeschlagene Politiker, erhielt ein gutes Ergebnis: 92,89 Prozent.

Die Neuorientierung der Partei sollte schließlich doch Konsequenzen für die CDU/CSU-Bundestagsfraktion haben. Am 27. Januar 2022 verzichtete der Fraktionschef Ralph Brinkhaus auf sein Amt und schlug eine vorgezogene Neuwahl für dieses Amt am 15. Februar 2022 vor. Er reagierte damit – sicher widerwillig – auf die nun doch erfolgte Ankündigung von Merz, selbst als Fraktionsvorsitzender kandidieren zu wollen. Über diese Personalunion – Partei- und Fraktionsvorsitzender – gäbe es zwar zwischen beiden Differenzen, die aber der Union nicht schaden sollten, so wurde versichert. Brinkhaus kündigte an, Merz zu wählen.[84]

Am Ende wurde Friedrich Merz „mit knapp 90 Prozent" zum Fraktionsvorsitzenden der CDU/CSU gewählt. Nach zwanzig Jahren kehrte er zurück in sein früheres Amt. Und wieder war er der „Mann der Opposition".[85]

Markus Söder aus Bayern wurde zugeschaltet und bedauerte sein Verhalten während der Bundestagswahl. Der neue CDU-Vorsitzende kritisierte sogleich Bundeskanzler Scholz wegen seiner unklaren Haltung bei der Impfpflicht und weil der sich angesichts der Ukraine-Krise sowohl gegenüber dem russischen als auch dem amerikanischen Präsidenten zurückhalte. Ein Versöhnungstreffen mit Angela Merkel lehnte Merz ab.[86]

---

83 https://www.msn.com/de-de/nachrichten/politik/neuer-cdu-vorsitzender-friedrich-merz-ich-bin-tief-bewegt/ar-AAT2bnA?ocid=msedgntp (Zugriff 22.1.2011).
84 *Der Tagesspiegel*, Nr. 24789 vom 28.1.2022, S. 1: Alle Macht für Merz – Brinkhaus gibt auf.
85 *Der Tagesspiegel*, Nr. 24808, S. 4: Mann der Opposition.
86 *Der Tagesspiegel*, Nr. 24784 vom 23.1.2022, S. 1: CDU legt ihr Schicksal in die Hände von Merz, sowie S. 2: Amt und Bürde.

Die Bewertung der Re-Inthronisierung von Merz war zwiespältig. Einerseits wurde er als zu konservativ eingeschätzt und als „Mann von gestern" angesehen. Andererseits wurde ihm das für das hohe Amt nötige Charisma attestiert und auch die Fähigkeit, parteistrategisch denken und handeln zu können. Darüber hinaus wurde Merz immer wieder vorgeworfen, er sei zu wirtschaftsnah, und sein Generalsekretär Mario Czaja sei nach dem Abgang als Berliner Gesundheitssenator Lobbyist der Gesundheitswirtschaft.[87]

Merz sah sich vor die Aufgabe gestellt, die CDU zu revitalisieren. Am 31. Januar 2022 – seine Wahl war gerade von 837 der 895 schriftlich abstimmenden Parteitagsdelegierten bestätigt worden – lag ihm eine 64-seitige Analyse der gerade zurückliegenden Bundestagskampagne vor. Verschiedene Autoren unterschiedlicher Parteien bescheinigten der CDU darin „programmatische Leere, Kommunikationspannen, fehlendes Profil, besonders bei den großen Zukunftsfragen".

Die Partei sprach jedoch mehr ältere und weniger junge Menschen an. Ihr standen zudem drei Herkulesaufgaben bevor, wenn im Jahre 2022 drei CDU-Ministerpräsidenten bei Landtagswahlen wiedergewählt werden wollten: in Nordrhein-Westfalen, Schleswig-Holstein sowie im Saarland.[88]

Auf jeden Fall war die Situation pikant, als der einst von Merkel geschasste Politiker nach deren Abgang – wenigstens teilweise – ihr Nachfolger wurde.

Laschet jedenfalls war „einfacher" Bundestagsabgeordneter. Und Merkel gehörte dem Bundestag gar nicht mehr an.

Laschet, Merkel und Merz hatten Ende Februar 2022 eines gemeinsam: Sie ahnten nicht, dass bald ein Krieg in Europa ausbrechen würde.

---

87   *Der Spiegel*, Nr. 3 vom 15.1.2022, S. 32ff.: Die Brücke zum großen Geld; auch: *Der Tagesspiegel*, Nr. 24779 vom 18.1.2022, S. 3: Die Generalprobe.
88   *Der Tagesspiegel*, Nr. 24793 vom 1.2.2022, S. 4: Projekt Wiederaufbau.

Die SPD erfindet sich neu

Auch die Partei SPD versuchte einen Neuanfang. Nachdem der eine „Doppelspitzen-Vorsitzende" Norbert Walter-Borjans seinen Rückzug erklärt hatte, suchte die Partei eine neue Spitze. Olaf Scholz schien nicht abgeneigt zu sein, und der Generalsekretär Lars Klingbeil schloss eine Kandidatur für sich zunächst aus. Die Ko-Vorsitzende Saskia Esken hielt sich bedeckt, bekundete bald aber ihren Wunsch nach Wiederwahl. Ein Regierungsamt winkte ihr da wohl nicht mehr, und Herr Klingbeil war ihr mittlerweile als „Ko-Vorsitzender" recht. Sodann wurde bekannt, dass der Parteivize Kevin Kühnert neuer Generalsekretär werden sollte, wenn dieser Posten frei würde.[89]

Die führenden SPD-Politiker spielten offensichtlich auf zwei Feldern: der Bundesregierung und der SPD-Parteispitze. Sie schwankten zwischen Minister- und Parteiämtern. Schließlich hatte nicht nur die Union, sondern auch die Sozialdemokratie bei der Bundestagswahl im September in den Augen der deutschen Öffentlichkeit ihren Status als „Volkspartei" endgültig verloren. Also hatte die SPD-Parteiführung zwei Aufgaben: neben der Regierungs- die neuerliche Parteibildung. Gelegentlich hatte es den Anschein, als wolle sie allen sonstigen politischen Streit den Grünen und der FDP überlassen.

Am 11. Dezember 2021 tagte ein weitgehend virtueller Bundesparteitag der SPD. Lars Klingbeil wurde mit 86,3 % der Delegiertenstimmen zum Vorsitzenden gewählt, die Ko-Vorsitzende Saskia Esken bekam bei ihrer Wiederwahl 76,7 %. Kevin Kühnert wurde neuer Generalsekretär mit 77,78 % der Stimmen.[90]

---

89 *Der Tagesspiegel*, Nr. 24736 vom 3.12.2021, S. 1: Kühnert soll Generalsekretär der SPD werden.
90 *Der Tagessspiegel*, Nr. 24745 vom 12.12.2021, S. 1f.: SPD feiert ihr Comeback/„Wir sind Kanzler".

Danach wurde bekannt, dass die frühere Fraktionsvorsitzende der SPD-Fraktion im Bundestag, Andrea Nahles, Leiterin der Bundesagentur für Arbeit werden sollte.[91]

Im Folgenden kam besonders auf den neuen SPD-Vorsitzenden Lars Klingbeil einiges zu. Die Arbeitsteilung mit dem nunmehrigen Bundeskanzler Scholz brachte es mit sich, dass der Parteivorsitzende über das Verhältnis der SPD zum früheren Bundeskanzler Gerhard Schröder, der nach Ausbruch des Ukraine-Krieges als offenbarer Freund des russischen Präsidenten Wladimir Putin in allgemeinen Misskredit geraten war, Auskunft geben musste und dass er Scholz dafür verteidigen musste, dass er sich bei einem eventuellen Stopp von Gaslieferungen an Deutschland zurückhaltend verhielt.

Klingbeil musste reden, während der Kanzler schweigen konnte.

Stühlerücken selbst bei den „Kleinen"

Auch die Grünen und die FDP mussten sich parteipolitisch neu formieren, weil es zu einer Ampelkoalition im Bund kommen sollte.

Bei den *Grünen* drängte – auch, weil die Satzung ein Weitermachen der bisherigen Führung untersagte – ein neues Duo an die Spitze: Ricarda Lang, 28 Jahre alt, und Omid Nouripour, 46-jährig, – eine „Linke" und ein „Rechter". Lang galt als gut vernetzt bei den Grünen, bearbeitete Gesundheits- und Sozialpolitik, bekannte sich zu ihrer Bisexualität, war allerdings als Wahlkämpferin nicht besonders erfolgreich. In einem schwäbischen Wahlkreis landete sie bei den Erststimmen auf Platz fünf – hinter FDP und AfD. In der Partei jedoch war sie sehr populär. Wie ihr in der Partei „gesetzter" Partner Nouripour war sie direkt gewählte Bundestagsabgeordnete. Nouripour stammte aus Frankfurt am Main, galt als Außenpolitiker und war ein „Realo".

---

91 *Der Tagesspiegel*, Nr. 24787 vom 26.1.2022, S. 1: Comeback für Nahles als Chefin der Arbeitsagentur.

Offensichtlich wurde Lang als die Stärkere der beiden eingeschätzt, denn von ihr wurde erwartet, dass sie den Kurs der Grünen bestimmen könnte.[92]

Die bisherige Fraktionsvorsitzende Katrin Göring-Eckardt wurde zur Vizepräsidentin des Bundestages gewählt, und ihr Kollege Anton Hofreiter sollte Vorsitzender des Europaausschusses werden. Neue Fraktionsvorsitzende wurden Katharina Dröge und Britta Haßelmann. Der Bundestagswahl war eine Neuaufstellung der Spitze der grünen Partei auf dem Fuße gefolgt.

Am 29. Januar 2022 wurde die 28-jährige Ricarda Lang von einem digitalen Parteitag zur neuen Vorsitzenden der Grünen mit 75,9 % gewählt. Ko-Vorsitzender wurde Omid Nouripour mit 82,5 %.[93]

Die *FDP*-Fraktion im Bundestag wählte ebenfalls eine neue Spitze, weil Lindner und Buschmann ins Bundeskabinett wechselten. Neuer Fraktionsvorsitzender wurde Christian Dürr und Parlamentarische Geschäftsführer Johannes Vogel sowie Torsten Herbst.[94]

Christian Lindner hatte auch einen neuen Generalsekretär für die Partei vorgesehen: den 45-jährigen FDP-Abgeordneten Bijan Djir-Sarai aus dem Iran. Er wurde in Teheran geboren, kam mit elf Jahren nach Nordrhein-Westfalen und studierte später Betriebswirtschaft. Seinen Doktortitel verlor er nach Plagiatsvorwürfen. Lindner begründete seinen Vorschlag: „Er ist der richtige Mann für diese hervorgehobene Aufgabe … Es geht darum, die FDP als Teil der Regierung erkennbar zu machen."[95]

---

92   *Der Tagesspiegel*, Nr. 24747 vom 14.12.2021, S. 4: Jung, links, streitbar.
93   Eigene Recherche/*Der Tagesspiegel*, Nr. 24791 vom 30.1.2022, S. 1: Die Grünen haben eine neue Doppelspitze sowie S. 2: „Regieren ist doch keine Strafe". Die Grünen wählen Ricarda Lang und Omid Nouripour als neue Vorsitzende. Sie stimmen die Basis auf Kompromisse in der Koalition ein. Dazu insgesamt: Harald Martenstein: Prima fürs Klima, in: *Der Tagessspiegel*, a.a.O., S. 1.
94   Die Daten über die Fraktionen der Grünen und der FDP stammen aus dem Internet.
95   *Der Tagesspiegel*, Nr. 24754 vom 21.12.2021, S. 4: Talent der zweiten Reihe.

Die aus der zweiten und dritten Reihe aufgestiegenen Bundestagsabgeordneten Johannes Vogel, Bijan Djir-Sarai und Christian Dürr galten in der Öffentlichkeit als „Trio für Lindner", das die Position des zum Bundesfinanzminister aufgerückten Parteivorsitzenden stabilisieren sollte. Sie wollten unter dem Schlagwort des designierten Generalsekretärs „FDP 2030" neue Themen für die Partei erschließen und den Verband vor allem für Jüngere attraktiver machen. Die Wirtschaftspolitik sollte durch verstärkte Migrationsaktivitäten fortentwickelt und neue Gebiete wie das Drogenwesen sollten formiert werden.[96]

Bei den „Kleinen" blieben Corona und der Ukraine-Krieg zunächst „Chefsache" der jeweiligen Regierungsmitglieder. Sie waren die eigentlichen Gesichter ihrer Parteien, und die neuen „2. Garden" hatten zu Beginn der Koalition kaum Chancen zur Profilierung – bei der FDP mehr noch als bei den Grünen.

Wandel der Parteien

2021 hat Deutschland nicht nur eine neue Regierung bekommen, auch die politischen Parteien als solche haben sich gewandelt. Neben dem gouvernementalen „Machtwechsel"[97] erfolgte ein parteipolitischer Paradigmenwechsel. Eine neue Regierung folgt meist Veränderungen in der Gesellschaft. Die einzelnen politischen Parteien positionieren sich entsprechend. Meist bleiben die die Parteien einbettenden alten Organisationsstrukturen bestehen, und die politischen Moden passen sich den jeweiligen Grundideen und Ideologien an. Die „Union" hat in diesem Fall weiterhin die „soziale Marktwirtschaft" und einen grundsätzlichen Konservatismus als Maßstab; die Sozialdemokraten bleiben beim Ziel der allgemeinen Gerechtigkeit; die AfD schart sich weiterhin ums Nationale; die Grünen beharren auf ihrem Anspruch nach

---

96 *Der Tagesspiegel*, Nr. 24793 vom 1.2.2022, S. 5: Ein Trio für Lindner.
97 Arnulf Baring, *Machtwechsel. Die Ära Brandt-Scheel*, Stuttgart 1982.

idealistischer Weltverbesserung, und die FDP bemüht sich immer wieder, das Ziel des Liberalismus zeitgemäß zu definieren.

Hin und wieder verändert ein Regierungswechsel aber auch die Gesellschaft: Diese selten gewordene politische Innovation ist der Traum vieler Politiktheoretiker.

Meist ist es jedoch so: Die Schaufenster bleiben; dahinter wird fürs Publikum neu dekoriert.

Sehr selten geschieht es, dass ein Regierungswechsel Externe zu unerwartetem Handeln veranlasst. War das etwa Moskaus Reaktion auf den Einzug der „Ampel" in die politische Machtzentrale in Berlin, und welche Folgen hatte das für die jeweiligen Organisationen?

CDU/CSU („Union")

Nach 1945 waren CDU und CSU[98] in den Westzonen Deutschlands gegründet worden, um eine gemeinsame politische Stimme für Katholiken und Evangelische zu haben. Daher kommt der Name „Union". Man wollte mehr sein als das alte „Zentrum", dieses Sprachrohr der Katholiken in Deutschland. Die „Union" wollte alle offiziellen Christen mitnehmen – egal, welcher Konfession sie angehörten. Männer und Frauen, Städter und Landbewohner, Arbeitnehmer und Arbeitgeber, arme und reiche, junge und alte Christen sollten gleichermaßen mitgenommen werden: eine „Volkspartei", die alle Gruppen der Gesellschaft ansprechen wollte und vor allem keine sozialen Klassen kannte. Das sollte die „Union" sein.

Diese „Union" startete als westdeutsche, ja rheinische Partei. Ihr Held zu Beginn der Bonner Republik war Konrad Adenauer. Er prägte eine ganze Epoche – als Parteivorsitzender und Bundeskanzler. Danach wurde die CDU/CSU zur Staatspartei der Bundesrepublik. Ludwig Erhard und Kurt Georg Kiesinger waren die Adenauer folgenden

---

[98] Gerhard Hopp/Martin Sebald/Benjamin Zeitler (Hg.), *Die CSU, Strukturwandel, Modernisierung und Herausforderungen einer Volkspartei*, Wiesbaden 2010.

Bundeskanzler. Als der Sozialdemokrat Willy Brandt Regierungschef in Bonn wurde, war das für den Staat ein zur Normalität hinführender „Machtwechsel".[99] Für die Union aber war Anomalität entstanden. Die Partei musste sogar noch einen anderen Sozialdemokraten in der Person Helmut Schmidts ertragen. Erst dann übernahm wieder ein CDUler, Helmut Kohl, das Regiment und versprach, an Adenauers Zeiten anzuknüpfen.

Doch auf Kohl folgte der SPD-Mann Gerhard Schröder. Die Bundesrepublik war nicht nur durch das Hinzukommen der DDR größer, sondern auch erwachsener geworden, und die Union fügte sich schließlich.

Danach eroberte die ehemalige DDR-Bürgerin Angela Merkel die Macht erneut für die CDU/CSU.[100]

Sie fuhr jedoch nicht fort in den alten Bahnen. Das komplette Establishment der alten „West-CDU" wurde abserviert, und die Partei ging inhaltlich neue Wege. Angela Merkel sozialdemokratisierte die Union. Gleichgeschlechtliche Ehen wurden eingeführt, Ausländer hereingelassen, Kohle und Atomkraft wurden verbannt, die Bundeswehr auf Sparflamme gesetzt. Die Union führte das Land dabei nicht wirklich, sondern orientierte sich an des Volkes Mehrheit, der die Partei zunehmend hinterherlief. Die Demoskopie machte es möglich.

Nachdem die Union 2021 im Bundestag in die Opposition gedrängt wurde, versuchte sie unter Friedrich Merz, den sozialdemokratischen Kurs von Angela Merkel zu korrigieren und wirtschaftsorientiert sowie erkennbar konservativ zu werden. Aber auch nach „links" ausgreifen will die Union und hat dafür den Generalsekretär Mario Czaja engagiert.

---

99   Arnulf Baring, a.a.O.
100 S. auch Frank Bösch, *Macht und Machtverlust. Die Geschichte der CDU*, Stuttgart/München 2002.

Doch die durch den Wechsel von Merkel zu Scholz markierte „Zeitenwende" erfasste auch die CDU/CSU und stellte auch diese Parteiengruppe auf den Prüfstand.

Die Union positionierte sich „rechts" von der Ampel, will jedoch wenigstens ihren Anspruch, „Volkspartei" zu sein, nicht aufgeben.

Eine Reise von Friedrich Merz nach Kiew sollte vor der deutschen Öffentlichkeit vor allem klarmachen, dass sich die CDU/CSU in der Opposition als Alternative zur „Ampel" präsentiert.

Schafft sie das?

SPD

Die SPD gibt oft Rätsel auf:[101] Sie als älteste der 2022 im Bundestag repräsentierten Parteien hat seit 1945 etliche Wandlungen durchgemacht. 1959 – bis dahin war sie eine Klassenpartei und engagierte sich für die Arbeiterklasse – verabschiedete ihr Parteitag das „Godesberger Programm" und imitierte die so erfolgreiche Union.

Auch die SPD wollte „Volkspartei" sein, öffnete sich für alle Schichten und Gruppen der Gesellschaft. Mit Willy Brandt als Kanzlerkandidaten trat sie an und setzte dann mit der „neuen Ostpolitik" eine Versöhnung mit dem sowjetisch beherrschten Teil der zweigespaltenen Welt durch.

Danach spielte sich der „Weltökonom" Helmut Schmidt als Vordenker des Erdballs auf. Ihm folgte allerdings Helmut Kohl von der CDU, in dessen Amtszeit die Vereinigung der beiden deutschen Nachkriegsstaaten fiel und der das von ihm versprochene „Feedback" in die vermeintlich gute alte Adenauer-Zeit nicht schaffte. Die Arbeitslosigkeit in Deutschland stieg, und erst der nach Kohl amtierende dritte Sozialdemokrat im Kanzleramt, Gerhard Schröder, brachte durch die „Hartz"-Gesetze Menschen wieder in Arbeit. Mehr noch: Schröder hielt Deutschland aus dem von den USA angeführten Irakkrieg heraus.

---

101 Franz Walter, *Die SPD. Vom Proletariat zur Neuen Mitte*, Berlin 2002.

Die Abkoppelung von den USA war ein erster Paradigmenwechsel der Bundesrepublik.

Dann haderte die SPD im Nachhinein mit diesem ehemaligen Kanzler und distanzierte sich von vielem in der Vergangenheit.

In der Ära Merkel befand sich die SPD wieder einmal in einer ambivalenten Lage. Einerseits war sie meist als Juniorpartner an den Bundesregierungen beteiligt, andererseits hatte sie mit der Arbeiterschaft ihre traditionelle Basis verloren und suchte händeringend nach einer neuen politischen Ausrichtung. Sie wechselte ihre Parteivorsitzenden permanent und kam schließlich auf die Idee, es mit einer „Doppelspitze" zu versuchen.

Mit der Doppelspitze ging die SPD in die „Ampel"-Koalition, nachdem sie einen ihrer Ko-Vorsitzenden ausgetauscht hatte. Sie klärte die innere Machtfrage nicht richtig, denn mit Olaf Scholz stellte sie zwar den Bundeskanzler, der übte aber kein Führungsamt in der Parteispitze aus.

Die Führung der SPD-Fraktion im Bundestag blieb unverändert. Man hatte den Eindruck, dass diese etwas sperrige Konstellation den allgemeinen Paradigmenwechsel durch die Personen des neuen Ko-Vorsitzenden Lars Klingbeil und des jungen Generalsekretärs Kevin Kühnert auffangen sollte.

„Soziale Gerechtigkeit" blieb klassisches SPD-Thema, aber bei „Klima", „Feminismus" oder auch „Geschlechtervielfalt" erschien die SPD gegenüber den Grünen eher retardierend. Bei der Betonung rechtsstaatlicher Grundwerte lässt sich andererseits die FDP nicht gern von der SPD übertrumpfen.

Die „gute alte Tante SPD" muss mithin manche Stolpersteine hinter sich lassen, wenn sie beim Tempo des Paradigmenwechsels ihrer eigenen Regierung mithalten will.

Mit dem Überfall auf die Ukraine am 24. Februar 2022 hat Russland unter anderem auch die „Ampel" – vor allem die SPD und Bundeskanzler Scholz – desavouiert. Scholz hatte den Koalitionspartnern signalisiert, dass er die Richtlinien besonders der Außenpolitik bestimme. Wie der französische Präsident hatte Scholz in Moskau zu vermitteln versucht. Der Einmarsch Russlands in die Ukraine hat daher neben allem anderen auch dem Ansehen des SPD-Bundeskanzlers geschadet.

Ob er das durch seine „Zeitenwenderede"[102] vom 27. Februar 2022 und die anschließende Debatte im Bundestag wettmachen konnte?[103] Erst nach der Rede zur „Zeitenwende" stimmte der Bundestag der Lieferung „schwerer Waffen" in die Ukraine zu. Alle SPD-Abgeordneten votierten dafür.

AfD

Aus Protest gegen den „Euro" wurde die Partei „Alternative für Deutschland" (AfD) 2013 gegründet. Ursprünglich war das eine konservative „Professorenpartei". Gründer war der Professor für Makroökonomie an der Universität Hamburg, Bernd Lucke. 2014 zog er in das Europäische Parlament ein. 2015 wurde er in der AfD abgewählt und durch die aus Dresden stammende national orientierte Chemikerin Frauke Petry ersetzt. Diese war von 2017 bis 2021 Mitglied des Bundestages. 2017 trat sie aus der AfD aus. Nach ihr führten weiterhin der

---

102 Manchen Beobachtern wurde obendrein nicht klar, worum es sich beim 100 Milliarden „Sondervermögen", mit dem Scholz die Bundeswehr ertüchtigen wollte, konkret handelte. – 1. Durch die nach anfänglichem Zögern doch gewährten Waffenlieferungen an die Ukraine wurde die Bundeswehr offensichtlich Teilen ihrer Ausrüstung verlustig. 2. Im „normalen" Entwurf für den Bundeshaushalt 2023ff. war ein Anstieg des Wehretats obendrein für viele Analysten nicht erkennbar. Noch immer bestanden Anfang 2022 Zweifel daran, ob die Bundesrepublik tatsächlich mindestens 2 % des Bruttoinlandproduktes (BIP) für die Bundeswehr ausgeben wollte. / Der Tagesspiegel, Nr. 24862 vom 12.4.2022, S. 6: Scholz hat die Zeitenwende einkassiert (Kommentar von Christoph von Marschall).

103 Dazu Der Spiegel, Nr. 15 vom 9.4.2022, S. 9ff.: Am Pranger.

aus der CDU Hessen stammende Alexander Gauland, dann zunehmend Alice Weigel und Tino Chrupalla Partei und Fraktion.[104]

Anfang 2022 trat ein weiterer AfD-Vorsitzender – Jörg Meuthen – aus der Partei aus. Der aus Essen stammende Meuthen galt als gemäßigter Nationaler und verlor in der AfD zusehends an Einfluss. Danach wurde die Partei fast nur noch von Alice Weigel und Tino Chrupalla repräsentiert. Die AfD wurde immer nationalistischer.

Unter den im Bundestag vertretenen Parteien geriet die AfD mehr und mehr in die Rolle eines von allen anderen bekämpften Außenseiters. Weigel und Chrupalla verschärften den Rechtskurs der Gruppierung und gingen verbal zwar scharf gegen den allgemeinen Wertewandel in der Gesellschaft und der zur „Ampel" mutierenden Regierung vor, hatten aber keinen wirklichen Einfluss auf das politische Geschehen.

Dass die AfD im Osten Deutschlands mehr Zuspruch als im Westen hat, zeigt, dass der Wählererfolg mit der Autoritätsorientierung dieser Partei zu tun hat. Viele Bürger jener Länder, die aus der einstigen DDR hervorgegangen sind, haben mehr Nähe zu autoritären Attitüden als die meisten Einwohner ehemals „alt"-bundesrepublikanischer Länder.

Das Thema „Euro" rückte im Laufe der Zeit in den Hintergrund der AfD-Programmatik. Wichtiges Thema wurde der der AfD zu starke Zustrom von Flüchtlingen und Ausländern nach Deutschland.

Von Anfang an betätigten sich in der Corona-Krise viele Repräsentanten der AfD als Gegner der offiziellen und eindämmenden Maßnahmen, insbesondere des Impfens. Es hatte insgesamt den Anschein, die AfD stünde auf der Seite der Impfverweigerer. Die von Olaf Scholz einst favorisierte allgemeine Impfpflicht lehnt die AfD grundsätzlich ab.

---

104 Melanie Amann, *Die Wahrheit über die AfD: wo sie herkommt, wer sie führt, wohin sie steuert*, München 2018.

Der Ukraine-Krieg hat die AfD in eine Krise gebracht. Ost-West-Gegensätze brachen auf. Der aus Ostdeutschland stammende Parteivorsitzende Tino Chrupalla erklärte am 27. Februar 2022 vor dem Bundestag: „Wir dürfen gerade in diesen Tagen Russlands Beitrag für Deutschland und Europa nicht vergessen." Als Ostdeutscher sei er dankbar für den Abzug des russischen Militärs im Jahre 1994. Während derartige Stellungnahmen von AfD-internen Kritikern vorsichtig als zu „Putin-freundlich" gescholten wurden, kamen aus der Parteiorganisation offene „Anti-Putin"-Stimmen. Der frühere Berliner AfD-Chef Georg Pazderski soll gesagt haben, er „schäme" sich für Chrupallas Rede im Bundestag.[105]

Es scheint, dass die AfD eine Frage nicht beantworten kann: „Was ist der richtige national-deutsche Standpunkt zum Ukraine-Krieg, und wie soll sich Deutschland Russland gegenüber verhalten?"

Grüne

Bewegtes und bewegendes Element der Ampelkoalition sind zweifellos die Grünen. Diese Partei wurde 1979 gegründet. Einige ihrer ersten Repräsentanten waren konservative Naturschützer; ansonsten spotteten Gegner der Partei und lästerten, sie sei eine Vereinigung der „Kinder von Marx und Coca-Cola". Die Grünen waren immateriell orientiert und setzten sich damit von der materiell orientierten Nachkriegsgesellschaft in Deutschland ab.

Die Deutschen vor den Grünen waren – auch als junge Menschen – nach der ideologisch aufgeladenen Zeit des Nationalsozialismus skeptisch gegenüber Ideen, Visionen oder Ideologien;[106] sie strebten materiellen Wohlstand an. Fernseher, Waschmaschinen und Autos wollten diese Vorgänger haben, und sie stürzten sich dafür mit Inbrunst in die Arbeitswelt.

---

105 *Der Tagesspiegel*, Nr. 24861 vom 11.4.2022, S. 5: Moskau lässt grüßen.
106 Helmut Schelsky, *Die skeptische Generation. Eine Soziologie der deutschen Jugend*, Düsseldorf/Köln 1963.

Die in diese so entstandene Nachkriegsgesellschaft Hineingeborenen wollten hingegen anderes: Gerechtigkeit, Frieden und eine „gesunde" Natur. Ihr Schlagwort hieß „antiautoritär". So wie die „Alten" wollten diese „Jungen" nicht sein. Sie fanden sich „bunt", „alternativ", und ihre Organisation sollte keine Partei wie die anderen in den Parlamenten sein, sondern eine „Anti-Parteien-Partei".

Alles sollte anders sein als bislang. Damit sich Funktionsträger nicht an die bequemen Sessel der Macht und des Prestiges gewöhnten, erfanden die Grünen die Rotation. Niemand sollte sich in der Politik bereichern können; das Facharbeitergehalt wurde zum Maß aller Dinge. Führungspositionen sollten keinerlei persönliche Vorteile bringen. So kam die Doppelspitze.

Bei allem, was sie taten, mussten die Grünen Kompromisse eingehen. Die „Anti-Parteien-Partei" zog in die Parlamente und bildete Fraktionen. Einzelne Parteiführer wie Petra Kelly stiegen zu Stars auf. Diese störten sich am Zwang zur Rotation, andere wollten mehr verdienen als ein Facharbeiter. Die Grünen waren immer auch ein wenig bigott.[107]

In der Öffentlichkeit fielen die Grünen vor allem durch ihre Zerstrittenheit auf. „Realos" und „Fundis" standen sich unversöhnlich gegenüber. Stundenlange – anfangs durchweg öffentliche – Debatten endeten oft unter Tränen oder hysterischen Anfällen.

Erst wollte keine der anderen Parteien mit den Grünen koalieren, und die „Fundis" unter ihnen wollten das auch nicht. Dann aber kam doch die erste Koalition zustande. „Joschka" (Joseph Martin) Fischer wurde in Hessen Minister. Der „Realo" inszenierte sich als „Turnschuhminister". Aber als unter dem Sozialdemokraten Gerhard Schröder die erste rot-grüne Bundesregierung gebildet wurde, verzichteten die Grünen auf ihre Verkleidungen. Auch ihr einstiges Markenzeichen – Stricken im Plenarsaal – war verschwunden.

---

107 Ludger Volmer, *Die Grünen. Von der Protestbewegung zur etablierten Partei – Eine Bilanz*, 1. Auflage, München o.J. (2009).

Schließlich hätte sogar die Bundes-CDU gern mit den Grünen koaliert.

Galten die Grünen lange Zeit als „Schmuddelkinder" unter den Parteien, so waren sie mit der „Ampel" in die zentrale Position der deutschen Politik eingerückt. Zwischen SPD und FDP wurden sie das Herz der seit 2021 neuen Bundesregierung. Der Klimawandel war ihr Thema; sie standen eindeutig zum Feminismus und zur Geschlechtervielfalt. Kampf gegen jeglichen Rassismus und für die Menschenrechte überall in der Welt standen bei ihnen oben auf der Agenda. Bei der Forderung nach Legalisierung von Rauschgift hatten sie in der FDP einen kongenialen Bündnispartner.

In der Außenpolitik sah es zunächst schlecht aus für die Grünen. Zwar führten sie das Auswärtige Amt, aber das Agieren Russlands machte deutlich, dass Deutschlands Einfluss auf das Weltgeschehen gering war. Und die Grünen waren keine Kriegspartei.

Die alte Leier klang weiter: Klima, Antirassismus, Feminismus und Menschenrechte waren ideelle und daher „grüne" Themen. In der Wirtschaftspolitik hingegen ging es auch um Materielles, und hier hatten die „Ampel" und die Grünen Probleme. Sie fremdelten. Die trotz allem plötzlich so wichtig gewordene Außenpolitik brachte die Grünen und mit ihnen die gesamte „Ampel" anfangs in Bedrängnis.

Und so war es für die Grünen ein wahrlicher Neuanfang, als Bundeskanzler Olaf Scholz eine „Zeitenwende" diagnostizierte und Deutschlands Stärke in der EU propagierte. Unabhängigkeit von Russland, Stärkung der Bundeswehr, Waffenlieferungen an die Ukraine, Ende einseitiger Energieabhängigkeiten und staatliche Transfers für Bürger und Unternehmen waren nun die neuen Ziele. Einstige „Friedensaktivisten" plädierten auf einmal dafür, der von Russland überfallenen Ukraine „schwere Waffen" zu liefern.

Und die Grünen-Fraktion im Bundestag zog mit.

FDP

Eigentlich war die FDP der „natürliche" Koalitionspartner der Union. Diese Partei hatte mitgeholfen, Konrad Adenauer auf den Thron zu hieven, und allen polittaktischen späteren Entwicklungen zum Trotz sahen sich Union und FDP stets als die „bürgerlichen Parteien" im deutschen Politikbetrieb.

2017 mochte die FDP jedoch in keine Koalition unter Angela Merkel eintreten, weil sie sich nicht genug beachtet fühlte und nicht nur Mehrheitsbeschaffer der CDU-Kanzlerin sein wollte. 2021 ließ sie sich in der „Ampel" aber zwischen SPD und Grünen einquetschen: Ob das ein Erfolgsmodell wird?

Nach 1945 wurde die FDP als Nachfolgepartei der früheren „Demokraten" einerseits und „Wirtschaftsliberalen" andererseits gegründet. Theodor Heuss, ihr Gründervater, wollte „Freiheit" zur zentralen Kategorie der alt-neuen Partei machen. Doch die Mitglieder sortierten sich um die beiden Hauptflügel „links" und „rechts". So sehr Parteiführer auch wetterten, es gäbe keinen „Bindestrich-Liberalismus": Der „linke" und der „rechte" Flügel dominierten die Partei. Das „liberale Schisma" gehört zur deutschen Geschichte.

Neben der Union und der SPD galt die FDP im alten Bonner „Zweieinhalb-Parteiensystem" als Kleinpartei, aber als „Zünglein an der Waage". Viele sahen es so, dass die FDP bestimmte, wer in Bonn regierte – die Union oder die SPD.

Mit der Union hatte die FDP die „Westintegration" der alten Bundesrepublik durchgesetzt, mit der SPD die „Neue Ostpolitik" der Anerkennung der unter sowjetischem Einfluss stehenden osteuropäischen Staaten. Der Partner der Union war Erich Mende, derjenige der SPD Walter Scheel. Hans-Dietrich Genscher schließlich kam vom mehr „rechten" Flügel und war Außenminister des CDU-Kanzlers Helmut Kohl. Als solcher wurde er zu einem der Architekten der Einheit Deutschlands.

Der spätere Parteivorsitzende Guido Westerwelle führte die FDP in die Irre. Er versuchte, die Dichotomie der Partei zwischen Demokraten und reinen Marktwirtschaftlern durch eine Idealisierung zu überwinden, indem er das „Projekt 18" favorisierte. Westerwelle wurde gar „Kanzlerkandidat" der FDP. Am Ende verpasste die FDP den Wiedereinzug in den Bundestag. Christian Lindner baute die Partei wieder auf und holte sie zurück ins deutsche Parlament. Die FDP verbündete sich mit der Union Angela Merkels, ging jedoch in der Periode 2017 bis 2021 in die Opposition zur regierenden CDU/CSU/SPD-Koalition.[108]

Welches Ziel die FDP in der „Ampel"-Koalition verfolgt, ist nicht ganz klar. Sie ist die kleinste der drei verbündeten Parteien. Einst galten die idealistischen Grünen und die FDP als Feuer und Wasser im deutschen Parteiensystem. 2021 wurde als Begründung für das Zusammengehen angeführt, die Grünen und die FDP seien die Parteien vieler Jungwähler. Beide Parteien seien für persönliche Freiheit und Individualismus. Möglicherweise ist die beabsichtigte Legalisierung von Rauschgift ein darauf beruhendes Projekt. Auch der Antirassismus, der Feminismus und die Geschlechtervielfalt lassen sich aus solchen Parallelen herleiten.

Aber wie ist es mit dem Klimawandel? Teure Maßnahmen müssen durchgeführt werden, und der Finanzminister der „Ampel" ist Christian Lindner, Vorsitzender einer Partei, die dafür bekannt ist, dass sie staatliche Ausgaben in Schach halten will. Für die Bundeswehr sollen Milliarden Euro zusätzlich ausgegeben werden. Alle fragen sich: Wie will der Finanzminister das hinkriegen?

In der Corona-Krise stimmten die drei FDP-Minister im April 2022 gegen eine Impfpflicht und damit gegen den designierten Bundeskanzler, und beim wegen des Ukraine-Kriegs angesagten Sparen

---

[108] S. hierzu Jürgen Dittberner, *Die FDP. Geschichte, Personen, Organisation, Perspektiven. Eine Einführung.* 2., überarbeitete und aktualisierte Auflage, Wiesbaden 2010.

von Energie sperrte sich die FDP ebenfalls. Im Mai 2022 verließen FDP-Abgeordnete eine Sitzung des Verteidigungsausschusses im Bundestag, weil der dorthin geladene Bundeskanzler detaillierte Fragen nach Waffenexporten nicht beantwortet habe.[109]

Ist die FDP ein Wackelkandidat in der „Ampel"? Wird es ihr gelingen, sich in diesem Bündnis inhaltlich neu aufzustellen?

---

109 *Der Tagessspiegel*, Nr. 24892 vom 14.5.2022, S. 1: Eklat in der Koalition: FDP lässt Scholz sitzen.

VII.
Corona

VII.

Die erste Krise

Im Wahlkampf 2021 und während der Verhandlungen zwischen den Parteien war Corona als politisches Thema präsent. Ein Gesetz hatte zu Zeiten der Regierung Angela Merkels Freiheiten der Bürger eingeschränkt und Schulen, Hochschulen, Kirchen, Heime, Krankenhäuser und Unternehmen oft existenzbedrohend bedrängt. Ausgangssperren, Maskenpflicht und Impfkampagnen kamen auf. „Impfgegner" schienen die Gesellschaft zu spalten. Der Föderalismus ging in die Knie, und der Gesundheitsminister von der CDU verfügte über Bürgerrechte wie nach Gutsherrenart.

Corona war die erste Krise; der Ukraine-Krieg die nächste. Beide hatte die „Ampel" sich wahrlich nicht ausgesucht. Der gegen den ursprünglichen Willen des neuen Bundeskanzlers ins Amt des Gesundheitsministers katapultierte Virologe und Abgeordnete Karl Lauterbach bemerkte nach kurzer Amtszeit: „In jedem Raum, den ich betrete, wartet schon die nächste Krise."[110] Die „Ampel" sortierte sich noch. Corona jedoch war schon da.

Die Deutschen lernten neue Wörter wie „Boostern" oder „Inzidenz". Corona entfaltete eine Pandemie, und die ärmeren Länder der Welt haderten, die reichen Staaten – zu denen auch Deutschland gehörte – würden ihnen Medikamente wegschnappen. Als das Virus in irgendeiner Ecke der Welt eingedämmt schien, breitete es sich woanders wieder aus. Gegenmaßnahmen schienen hier zu helfen, versagten aber dort. Dann wurde der Regierung Merkel vorgeworfen, nicht genügend Impfstoffe geordert zu haben. Die Impfstoffe selbst wurden zudem unterschiedlich bewertet, und weniger populäre Mittel

---

110 S. *Der Tagesspiegel*, Nr. 24840 vom 22.2.2022, S. 5: „Es wird kein Versprechen gebrochen".

entwickelten sich zu Ladenhütern. Und Corona überfiel die Menschen mit immer neuen Varianten unterschiedlicher Gefährlichkeit.

Es herrschte Chaos in Deutschland.

Viele erhofften sich von der neuen Bundesregierung eine klarere Coronapolitik. Der „Fachmann" Lauterbach sollte es richten. Der Kanzler versprach, über den Bundestag eine allgemeine Impfpflicht zu installieren. Die FDP drängte auf Rückgabe der Bürgerrechte und forderte mehr Eigenverantwortung. Die Corona-Bekämpfung sollte dezentralisiert werden.

Gegen all diese Neuerungen regte sich Widerstand. Die Absichten der „Ampel" wurden als parteipolitische Ideologieübungen einzelner Koalitionspartner verhöhnt, dem Bundeskanzler wurde sein Verzicht auf einen Leitantrag im Bundestag zur Impfpflicht vorgehalten, und der „Fachmann" Lauterbach wurde als polit-administrierter Laie verspottet. Als dann die Sicherheitsbehörden eine persönliche Gefährdung des Ministers feststellen mussten, wurde Lauterbach unter Schutz gestellt und mutierte vom „Paradiesvogel" zum stinknormalen Minister im Kabinett Scholz.

Aber wie Corona einst das Thema „Klima" kleiner gemacht hatte, verdrängte im Februar 2022 der Krieg wiederum Corona und rückte das Klima erneut in den Hintergrund.

Auch die Dramatik der Pandemie wurde herabgestuft. Harmloser wurde sie dadurch aber nicht.

Corona im Wahlkampf

Corona war vor der Bundestagswahl 2021 präsent, aber die Wahl verdrängte die Epidemie im öffentlichen Bewusstsein. Es schien, als könnten die Bundestagswahlen die Bevölkerung von der Virenplage befreien. Fragen wie „Wer wird was?", „Laschet oder Söder?", „Was macht Scholz?", „Warum hat Laschet gegrinst?", „Was ist mit Baerbocks Geldbeutel?", „Was wird aus der Weltkanzlerin?" oder „Wie geht das Triell aus?" drängten sich in den Vordergrund. Und an

Dramatik schien eine Hochwasserkatastrophe im Westen Deutschlands die Corona-Krise zu übertreffen.

Allgemein wurde erwartet, dass es nach der Bundestagswahl einen neuen Schub in der deutschen Corona-Bekämpfung geben würde, obwohl offensichtlich niemand – auch in den Ämtern und Ministerien nicht – zuverlässig sagen konnte, wie man die neue Krankheit am besten bekämpft. In verschiedenen Ländern der Welt wurden unterschiedliche Maßnahmen ausprobiert. Im Falle eines scheinbaren Erfolges irgendwo wurden solche Maßnahmen in Deutschland gern kopiert, aber in vielen Fällen war der vermeintliche Erfolg anderswo nur von kurzer Dauer, und Misserfolge stellten sich ein. Ebenso verhielt es sich mit den deutschen Bundesländern. Mal schien Bremen das Richtige gefunden zu haben, mal Schleswig-Holstein, dann verflüchtigten sich zeitweise Erfolge wieder. Bayern trat mit seinem Ministerpräsidenten im Kampf gegen Corona als besonders streng auf, doch langfristig musste auch dieses Bundesland manche Misserfolge erleiden.

Insgesamt war „Corona" jedoch kein entscheidendes Thema im Bundestagswahlkampf 2021. Im Vordergrund stand eindeutig „Klima": Besonders die Grünen drängten auf grundlegende Veränderungen, bei der SPD gaben sie ihnen teilweise recht, die FDP gab sich für das Thema aufgeschlossen, und selbst die Union hatte „Klima" weit oben auf ihrer Agenda. Irgendwie schienen alle zu hoffen, die Corona-Epidemie würde früher oder später abflauen.

Für den Fall aller Fälle: Mit Karl Lauterbach hatte die SPD einen Virologen in ihren Reihen, der den Wählern aus TV-Talkshows bestens bekannt war und dem man zutraute, die Krise auch politisch bremsen zu können. Und selbst in den Reihen der politischen Gegner der SPD wurde der Rheinländer als „Fachmann" respektiert.

Doch an seinen politischen Fähigkeiten zweifelten bald sogar SPD-Kollegen im Bundestag – allen voran offensichtlich Olaf Scholz.

Holprige Coronapolitik der Ampel

Nach der Installation der „Ampel"-Regierung in Berlin blieb das Klima offiziell zunächst „Thema Nr. 1" auf der politischen Agenda der Bundesrepublik. Angesichts der militärischen – und fast immer russischen – Drohungen in Europa geriet auch die Außenpolitik stark in den Fokus. So waren es zwei Minister, die sofort nach der Wahl und Vereidigung der neuen Regierung im Zentrum standen: Robert Habeck und Annalena Baerbock.

Habeck wurde Vizekanzler und war zugleich „zuständig" für den Klimawandel und den Abbau der Energieabhängigkeit Deutschlands von Russland. Statt – wie versprochen – „feministische" Politik zu machen, musste derweil die neue Außenministerin auf dem internationalen Parkett versuchen, den Ukraine-Krieg abzuwenden, was ihr nicht gelang. Habeck und Baerbock – beide von den Grünen – wurden so zu den am meisten beobachteten neuen Ministern. Dazu gesellte sich Christian Lindner von der FDP, der als Bundesfinanzminister ein sehr wichtiges Ressort hielt.

Gegen Corona werde es eine Impfpflicht geben, versprach der Kanzler. Nicht die Regierung, sondern die Legislative werde das regeln. Doch die Sache zog sich in die Länge. Gegenargumente tauchten auf, Kompromisse wurden geschmiedet – auch fraktionsübergreifend. Die Impfpflicht wurde zerrredet, und am Ende wurde nichts daraus. Scholz hatte sich herausgehalten, doch dass die Impfpflicht nicht kam, schwächte den Kanzler auch ansonsten.

Karl Lauterbach wurde in dieser Situation Außenseiter. Der Bundeskanzler hatte ihn ohnehin nicht gewollt. Wie durch Akklamation kam er dennoch ins Kabinett. Er und das Thema „Corona" hatten gewissermaßen einen Sonderauftrag neben den eigentlichen und „grünen" Anliegen der Regierung.

Lauterbach jedoch erklärte, er wolle nicht nur Corona-, sondern wirklich Gesundheitsminister sein. So habe er vor, die Strukturen des Versicherungswesens zu reformieren. Beim Thema „Corona" selbst jedoch begab er sich in eine Zweisamkeit mit dem neuen Bundesjustizminister Marco Buschmann von der FDP. Die FDP wertete die Existenz der Bürgerrechte auf und war dafür, die Bekämpfung der Epidemie nicht länger der Exekutive des Bundes, sondern der Legislative zu überlassen.

So legten Lauterbach und Buschmann gemeinsam einen Gesetzentwurf vor, der die Bundesregierung aus der Verantwortung entließ und den Bundesländern mehr Zuständigkeiten gab. Die nationale Exekutive war die Verantwortung los. Aber nicht das Parlament war nun am Zuge, sondern der Föderalismus feierte seine Auferstehung. Große Teile der publizierten öffentlichen Meinung und insbesondere die meisten Länder liefen dagegen Sturm.

Zentralismus oder Föderalismus?

Ursprünglich war die Bundesrepublik als föderaler Staat konzipiert. Der Zentralismus der Nationalsozialisten sollte nie wiederkehren. Auch weil der neue Staat aus drei unterschiedlichen Besatzungszonen zusammengesetzt wurde, war das praktisch. Die Länder waren eigentlich für alles zuständig; nur die Außenpolitik blieb dem Bund vorbehalten. Der Bund hatte jedoch eine Rahmenkompetenz, um einheitliche Lebensverhältnisse im ganzen Land herstellen zu können. Über dieses Recht zog er nach und nach Zuständigkeiten an sich, so dass der Staat immer zentralistischer wurde und die Länderrechte dahinschmolzen. Die Verfassungswirklichkeit hatte sich geändert.

Das wollte die FDP in der „Ampel"-Koalition gern zurückdrehen, und an der Corona-Bekämpfung sollte das exekutiert werden. Nicht die Bundesregierung, sondern die Länder sollten zuständig sein. Das leuchtete dem Gesundheitsminister von der SPD offenbar ein, denn gemeinsam mit seinem Kollegen Justizminister legte er einen Gesetzentwurf vor, der – allerdings mit Rückholrecht – die Länder in die Pflicht nahm.

Doch in der Öffentlichkeit kam das nicht gut an. Zunächst monierten die meisten Medien, die Epidemie könne nur zentral – mit bundeseinheitlichen Maßnahmen – wirkungsvoll bekämpft werden. Sie hatten sich offensichtlich an die entstandene Verfassungswirklichkeit gewöhnt und mochten nicht in die Rechtsgeschichte der Bundesrepublik zurückschauen. Das Argument, man könne Krankheitsausbrüche vor Ort zielgerecht bekämpfen, zog nicht. Überraschend allerdings war, dass auch einige Länder selbst mit der neuen Regelung unzufrieden waren. Meist ging es dabei – allen anderen vorgetragenen Einwendungen zum Trotz – ums Geld. Wer bezahlt? War schon vergessen, dass es im Grundgesetz Bestimmungen gibt, welche die Finanzierung gesetzlicher Aufgaben regeln?[111] Jedenfalls war aus einem „Fachthema" der Gesundheitspolitik ein juristischer Prinzipienstreit geworden.

Die „Ampel" drängte das Thema „Corona" in den Hintergrund. Verpflichtende Schutzmaßnahmen wurden den Bürgern nach und nach erlassen. Ladenbesitzern beispielsweise wurde es freigestellt, von ihren Kunden das Anlegen von Masken zu verlangen. Das wurde als „Freiheit" verkauft. Dass die Impfpflicht nicht kam, lag womöglich auch daran, dass die Regierung mitsamt Kanzler und Minister sich weigerte, im Bundestag dazu einen Antrag einzubringen.

Nachdem es Kritik an der Corona-Politik der Vorgängerregierung gegeben hatte, fragten sich nunmehr viele: Setzte die neue Regierung heimlich darauf, dass es in Deutschland doch eine „Herdenimmunität" geben würde? War das sogar abgesprochen mit anderen Staaten?

Doch Corona holte die Bundesregierung wieder ein. Am 23. April 2022 erwischte es sogar den Bundesfinanzminister persönlich. Der weilte etwa 6700 Kilometer von Berlin entfernt in den USA, wo er an einem „G20"-Gipfel und einer Tagung des „Internationalen Währungsfonds" (IWF) teilnahm. Dort testete er sich „positiv", konnte sein Hotel nicht verlassen und auch den Flieger nach Europa nicht nehmen.

---

111 S. Hans D. Jarass/Bodo Pieroth, *Grundgesetz für die Bundesrepublik Deutschland*. Kommentar, 12. Auflage, München 2012, S. 1077 (Art. 104a GG).

So sprach er anderntags – „leicht mitgenommen", wie berichtet wurde – per Video auf dem FDP-Bundesparteitag in Berlin zu den Delegierten, forderte schwere Waffen für die Ukraine und bat um Verständnis für den Bundeskanzler.[112] Tage später tauchte er in Berlin im Bundestag auf und infizierte dabei prompt einen anderen Minister. Corona bemächtigte sich der Riege der neuen Minister.

Hatte die Regierung Corona im Griff oder Corona die Regierung?

---

112 *Der Tagesspiegel*, Nr. 24872 vom 14.4.2022, S. 6: Bloß kein Streit.

VIII.
Ukraine-Krieg

Russland

Russland war einst Kern der Sowjetunion – der „UdSSR". Der kommunistische Vielvölkerstaat war mit den USA in Amerika eine der beiden Weltmächte. Russland war eine der Siegermächte gegen Nazi-Deutschland, hatte dafür einen hohen Blutzoll leisten müssen und war neben den USA, China, England und Frankreich dann Atommacht und Protektor eines Kolonialreiches, zu dessen „Satellitenstaaten" Polen, Ungarn, Rumänien, Albanien, die Tschechoslowakei und auch die deutsche „DDR" (Deutsche Demokratische Republik) gehörten. Die Hauptstadt der DDR war das sowjetisch besetzte Ost-Berlin, das vom von den Westmächten besetzten West-Berlin getrennt war. Für Berlin als Ganzes galt ein Viermächtestatus.

In den Jahren 1990 und 1991 zerfiel die UdSSR, die bislang allein regierende Kommunistische Partei „KPdSU" wurde verboten. Es entstanden fünfzehn Nachfolgestaaten – u.a. Belarus und die Ukraine, drei „unabhängige Staaten" (Estland, Lettland, Litauen) sowie die „neue UdSSR". Sie nennt sich seitdem „Russische Föderation". Ihre Hauptstadt ist Moskau, und es ist eines der größten Länder der Welt.[113]

Am 24. Februar 2022 griff die Russische Föderation die Ukraine militärisch an, wollte sie besetzen und politisch verändern. Seitdem wehrt sich der in der „NATO" (North Atlantic Treaty Organization) zusammengeschlossene „Westen" einschließlich des anfangs zögerlichen Deutschlands mit Sanktionen gegen diese Aggression. Es wurden Wirtschaftsboykotte gegen Russland beschlossen, aber auch innenpolitische Veränderungen eingeleitet. Die „Ampel"-Koalition will für 100 Milliarden Euro die Bundeswehr aufrüsten, und die Pläne für eine Klimawende wurden überarbeitet. Umgekehrt drohte Russland dem Westen, seine Gaslieferungen dorthin einzustellen.

---

113 Zerfall der Sowjetunion https://de.wikipedia.org/w/index.php?title=Zerfall_der_Sowjetunion (Zugriff 1.3.2022).

Der Konflikt mit Russland spitzte sich zu, je länger der Krieg dauerte. Die Ukraine ließ sich nicht im Handstreich nehmen, der „Westen" rückte in der NATO und in der EU zusammen, die USA führten die Allianz gegen Russland. Es wurden scharfe wirtschaftliche Sanktionen gegen Russland verhängt, Geld und Waffen in die Ukraine gegeben, nach Westeuropa kamen Flüchtlinge aus der Ukraine. Europa und besonders Deutschland erkannten, dass sie vor allem bei der Energieversorgung von Rohstofflieferungen aus Russland abhängig waren.

Deutschland erkannte: Stoppt die Energiezufuhr aus Russland, ist es aus mit den großen Klimazielen der „Ampel". Doch bei aller Empörung: Die NATO wollte sich nicht am Krieg beteiligen.

Russland nach der Sowjetunion war ein traumatisiertes Land. Einst beherrschte Territorien waren fort, das Militär hatte sich aufs eigene Territorium zurückgezogen, der einstige Rivale USA demütigte das nun als ehemalige Weltmacht zur „Nr. 2" degradierte Riesenreich.

Der von der UdSSR zu Russland mutierte Staat taumelte in eine neue Zeit. Wo eben noch die herrschenden Kommunisten aller Religion den Garaus gemacht hatten, erstrahlten nun prachtvolle Kirchen mit goldenen Zwiebelkuppeln. Arme alte Mütterchen vom Lande versuchten, in den Städten selbstgepflückte Blumen zu verkaufen. Nebenan sprangen Herren in dunklen Anzügen aus riesigen Straßenkreuzern, und ihre Leibgarden machten ihnen den Weg frei. Es gab U-Bahnstationen, die so prächtig wie Schlösser in Frankreich ausgestattet waren. Doch die Gemüsegärten draußen auf dem Lande waren ärmlich, und die Kleinbauern wohnten in den Holzhütten darauf.

Politisch versuchte es Russland anfangs mit der Demokratie. Wladimir Putin wurde der vom Volke gewählte Präsident. Vor dem Bundestag versprach er Europa glückliche Zeiten, und der Bundeskanzler nannte ihn einen „lupenreinen Demokraten".

Doch dann kam es zu Auftragsverbrechen in England, und im Berliner Tiergarten geschah sogar ein in Moskau geplanter Mord. Ein Gegenspieler des Präsidenten, Alexei Navalny, erlitt einen Giftanschlag, emigrierte nach Deutschland und wurde nach seiner Rückkehr nach Russland für Jahre eingesperrt. Aus der Demokratie wurde eine Diktatur, aus der Diktatur eine Schreckensherrschaft.

Die Ukraine geriet zusehends ins Visier Russlands. 2014 annektierte Moskau die Halbinsel Krim, die bis dahin zur Ukraine gehört hatte. Insbesondere der Donbas – ebenfalls zur Ukraine gehörig, aber an der Grenze zu Russland gelegen und mit vielen russischen Einwohnern – geriet zum Streitobjekt zwischen Russland und der Ukraine. Es kam zu Kriegshandlungen und – erfolglos – zu internationalen Friedensbemühungen. Im Februar 2022 fiel Russland militärisch in der Ukraine ein mit dem Ziel, das Land einzunehmen und die Regierung in Kiew zu entfernen.

Der „Westen" sah russische Kriegsverbrechen und empfand den Angriff auf die Ukraine als Angriff auf die eigenen Werte. Als Russland seine Kriegsziele im ersten Anlauf nicht erreichte, erhöhte es den militärischen Druck, und NATO sowie EU verschärften ihre Gegenmaßnahmen wie Boykott – auch der Energiezufuhr von Ost nach West – oder Waffenlieferungen kamen auf die Tagesordnung.

Die Doktrinen, dass keine NATO-Staaten von Russland angegriffen werden sollten und dass es keinen Atomkrieg geben dürfe, galten weiterhin. Aber die Menschen in Westeuropa fürchteten sich zunehmend. Obendrein drängten bislang neutrale Staaten wie Schweden und Finnland ihrerseits in die NATO.

Ukraine 2007[114]

„In Odessa ist es entspannt. Nach dem Abendessen gehen wir die aus dem Film Eisensteins berühmte Treppe empor. Oben kann man die Promenade mit Stadtpalästen in fast südlicher Atmosphäre genießen.

---

114 In Anführungsstrichen gekürzter und leicht veränderter Reisebericht: Jürgen Dittberner, *Stolps Reisen. Damals und heute, von den Anfängen bis zum Massentourismus. Zwischen Pommern und Neuseeland*, Stuttgart 2020, S. 211ff.

Auch bewundern wir das frisch renovierte und angestrahlte Opernhaus in seinem neuen Glanz.

‚Die Treppe‘, ‚die Treppe‘ ist leider im unteren Teil verkürzt zugunsten einer Schnellstraße, obendrein durch einen brutalen Industriehafen sowie ein protziges Glas-und-Stahl-Hotel verunziert. Auch die berühmten Juden von Odessa gibt es wegen Hitler und Stalin nicht mehr. Es ist lange her, dass Ben Gurion diese Treppe hinabstieg, um nach Israel auszuwandern.

Odessa ist eine junge Stadt. Man bewundert die Promenade und sieht prachtvolle Paläste, die renoviert wurden, aber wohl bessere Tage gehabt haben. Das Opernhaus ist das Glanzstück und der Stolz der Stadt.

Die Straßen sind begrünt mit Platanen und Kastanien. Aber der südliche Charme der Stadt täuscht nicht darüber hinweg, dass die Straßen sich insgesamt in einem erbarmungswürdigen Zustand befinden. Griechen, Juden und andere waren einst hier. Heute ist der Glamour weg. Aber es könnte wieder werden. Die Stadt hat etwas. Bausünden wie der Industriehafen müssen beseitigt werden.

Um 13 Uhr fährt das gebuchte Besichtigungsschiff mit Musik, Sirene und ‚Hallo‘ aus dem Hafen. Ein Lotse geht an Bord – er heißt hier ‚Pilot‘. Es sticht in See und fährt hinaus aufs Schwarze Meer. Im Norden liegt nun die ehemalige Sowjetrepublik Ukraine, im Süden die Türkei. An Bord wird das Personal – die Nadjas, Nataschas, Viktors oder Vitalis – vorgestellt.

Das Schiff nimmt Kurs auf Sewastopol.

In Sewastopol auf der Krim kann man den langen Arm Russlands spüren, der auf der Ukraine liegt. Die meisten Menschen hier sind Russen. Aber auch die russische Schwarzmeerflotte ist stationiert. Der Vertrag dafür läuft noch zehn Jahre – was dann?

Auf dem Hauptplatz der Stadt thront eine Lenin-Statue, daneben sieht man die blauen und orangefarbenen ‚Zelte‘ wahlkämpfender Parteien. Blau steht für ‚russisch‘ und orange für ‚Reform‘. In der Ukraine wird das Parlament gewählt, aber keiner erwartet eine grundlegende Änderung. Man denkt, die derzeitige Pattsituation werde sich wieder einstellen. Die Ukrainer scheinen nicht Weltmeister im Kompromisseschmieden zu sein, und so sind die Menschen ziemlich gleichgültig der Wahl gegenüber.

Hinter dem Lenin-Denkmal steht ein Ehrenmal für die Helden des Zweiten Weltkrieges, der hier ‚Großer Vaterländischer Krieg' heißt.

Südlich von Sewastopol liegt das Ruinenfeld der alten griechischen Stadt Chersones. Merkwürdigerweise befindet sich inmitten dieser antiken Anlage eine orthodoxe Kathedrale, die von Putin und Juschtschenko – dem Staatspräsidenten der Ukraine – eröffnet wurde. Dort zelebriert gerade ein Oligarch einen ‚Privatgottesdienst'. Ein altes Mütterchen mit Kopftuch putzt kleinteilig den roten Steinfußboden.

Nachmittags geht es per Bus zum Khanpalast der Krimtataren in Bachtschyssaraj, wo ein Top Kapi im Kleinen aufgebaut wurde. Die Tataren wurden von Stalin – den hier einige noch ‚Genosse' nennen – aus der Krim verjagt. Heute dürfen sie wieder siedeln. Im ‚Palast' wird per Lautsprecher vom Minarett aus durch einen Tonband-Muezzin zum Gebet aufgefordert.

Es gab einen Tagesausflug per Bus nach Yalta. Sie sahen Weinfelder, etwas verwahrloste Kirchen, drei Gebirgsketten und waren bald wieder am Meer – der Südküste der Krim. Dort war ein Regierungspalast des Ersten Sekretärs der KPdSU, heute leerstehend. Ziel der Fahrt war der ‚Liwadija-Palast', eine Zarenresidenz, in der sich am Ende des Zweiten Weltkrieges die ‚Großen Drei' – Roosevelt, Stalin und Churchill – getroffen hatten, um vor allem über Deutschland zu verhandeln. Heute ist der weiß strahlende Palast ein Museum. Mittelpunkt ist ein großer runder Tisch. In Yalta waren die Franzosen noch nicht dabei.

Yalta selbst ist ein südlicher Ort mit russischem Ambiente. Es herrscht Goldgräberstimmung, und alles ist etwas wild. Angeblich sind die Türken – die lieben Nachbarn – dabei, die ukrainische Krimküste mit Betonburgen zuzubrettern, nachdem sie das schon mit ihrer eigenen Küste getan haben.

Noch zu Sewastopol: Die Stadt macht einen freundlichen Eindruck. Es gibt helle Häuser, viele Restaurants und viel Wasser. Als langjährige – dazu noch geschlossene – Stadt der sowjetischen Schwarzmeerflotte hatte man eigentlich eine Kasernenstadt erwartet. Im Übrigen wehen auf vielen Häusern oder Palästen russische Fahnen. Der große Bruder gehört an diesem Ort dazu. Als die Reisenden einen ‚Polenmarkt' passieren, flunkert der launige Reiseführer, hier könne man alles kaufen, von der Kalaschnikow bis zum Atom-U-Boot …

Um 18 Uhr stechen die Reisenden wieder in See und fahren in die Dnjepr-Mündung hinein. Die Landschaft ist abwechslungsreich, der Fluss mal breit, mal schmal: viel Wasser und Natur. Cherson sieht von weitem aus wie eine weiße Stadt im Wald. Zu sehen bekommen die Reisenden sie nicht. Stattdessen fahren sie mit einem kleinen Boot eine Stunde entfernt zur Insel Belogrudov, wo in einer offensichtlich dauerhaft bewohnten Laubenkolonie Verkaufsstände warten: Decken, Felle, Lackarbeiten – das übliche. Alte Muttchen versuchen, ein paar Herbstastern loszuwerden.

Abends bekommen sie erste Wahlergebnisse, die sich aber als nicht sehr stabil erweisen. Julia Timoschenko – die Dame mit dem geflochtenen Zopf – soll 30 % errungen haben, Juschtschenko 8–15 %, und sie wollen eine Koalition eingehen. Später kommen andere Ergebnisse. Die ‚Blauen' holen auf, so dass man bis zum Ende der Reise nicht erfährt, wie es politisch mit der Ukraine weitergeht.

Auf dem Schiff findet das übliche ‚Neptun'-Fest statt.

Um 10 Uhr am nächsten Morgen legt das Schiff in Saporischschja an. Von der Wahl war hier gar nichts zu merken. Die Leute wussten angeblich noch nicht einmal, wie der Stand der Auszählung war. Mit dem Bus fahren die Besucher in ein Kosaken-Museum und erfahren, wie bitter umkämpft die Stadt im Zweiten Weltkrieg war. Deutsche und Russen hatten sich eine fürchterliche Schlacht geliefert.

Im ärmlichen Sozialismus-Stil ist die Stadt wieder aufgebaut worden und erinnert ein wenig an eine schäbige Ausgabe der Berliner ‚Frankfurter Allee.'

Saporischschja ist eine Industriestadt am großen Staudamm.

Am 2. Oktober 2007 war ein ‚Flusstag'. Das Schiff fuhr über große Stauseen, zwischen denen mächtige Schleusen zu passieren waren. Die größte wies einen Höhenunterschied von 36 m auf.

Es ist ein weites Land – viel Wasser und Inseln. Alles wird immer wieder unterbrochen von marode wirkenden Industrieanlagen.

Am Mittwoch, den 3. Oktober 2007, um 11 Uhr kamen die Reisenden in Kiew an. Es war auf den ersten Blick eine Stadt mit vielen bunten Kirchen, Kathedralen und Klöstern. Über allen leuchteten goldene Kuppeln. Die Häuserfassaden in der Altstadt waren in einem guten Zustand. Auf den Straßen fuhren viele Autos, darunter nicht wenige ‚550er', ‚RR' usw.. Die Stadt war voller Menschen und befand sich im Aufbruch. Nach dem Sozialismus suchten scheinbar viele Ukrainer Zuflucht beim Kapitalismus oder beim orthodoxen Glauben.

Die Kirche soll mehr Zulauf haben als in Russland. Auch gäbe es Bestrebungen, sich vom Patriarchat in Moskau zu trennen und sich direkt Konstantinopel zu unterstellen. Aber das wird wohl in der West-Ukraine anders gesehen als hier. In der West-Ukraine übrigens – z.B. in Lemberg – hat die Katholische Kirche einen ebenso großen Zulauf wie hier die Orthodoxe.

Die Reisenden sahen und besuchten die Andreaskirche, das St.-Michael-Goldkuppel-Kloster und den Unabhängigkeitsplatz, auf dem die ‚Orangene Revolution' stattgefunden hatte. Das Wahlergebnis wurde immer noch als ‚patt' wiedergegeben.[115] Auf dem Platz standen

---

115 Im Internet am Freitag, 5.10.2007, 20:00 Uhr. „Ukraine: Vorläufiges Wahlergebnis liegt vor."
„In der Ukraine hat die zentrale Wahlkommission das vorläufige Endergebnis der Parlamentswahlen bekannt gegeben. Demnach vereint der Block von Oppositionsführerin Timoschenko als stärkste Kraft des Reformlagers knapp 31 Prozent der Stimmen auf sich. Die Partei von Präsident Juschtschenko kommt auf

– sehr ordentlich – die Zelte der ‚Blauen', die hier tags zuvor eine Demo abgehalten hatten.

Die ausländischen Botschaften waren längst nicht so gut gesichert wie in Berlin. Und: Neben allem Patriotismus und aller Frömmigkeit – McDonalds hat sich auch schon breitgemacht.

Abends lauschten die Besucher im ‚Haus des Lehrers' einem ukrainischen Männerchor: Die Sänger schmettern volles Rohr.

Sie sahen außerdem eine monumentale silbern glänzende Statue – ‚Mutter Heimat' mit Schild und Schwert. Auch die Tiefstrahler des Stadions von Dynamo Kiew können die Gäste erspähen.

Dann besichtigten sie das Höhlenkloster – eine gewaltige Anlage über dem Dnjepr und ehemals ein eigenes Staatsgebilde mit viel Macht. Seit 1990 wurde die von den Kommunisten zerstörte Anlage wieder aufgebaut. Als die Besucher am Parlamentsgebäude und an Regierungsgebäuden vorbeifuhren, konnten sie daneben in Parks Zelte erkennen und wussten nicht: Sind das Militärs oder Demonstranten?

Nachmittags gingen alle ‚auf eigene Kappe' durch die Stadt. Es fand sich nirgendwo ein stilles Eckchen. Alles wuselte: Frauen in kurzen Röcken, lauter Eilige und Autos über Autos. Vom Unabhängigkeitsplatz fuhren sie mit der U-Bahn zum Dnjepr. Es ging tief und tiefer und dann jagte die überfüllte blaue Bahn durch die Röhre. Nach zwei Stationen stiegen die Fahrgäste aus und mussten ca. eine Stunde am Dnjepr-Ufer entlanglaufen. Viele Kanalisationsdeckel waren gestohlen, so dass der Weg mit gefährlichen Fallen – tiefen Gruben – gespickt war."

Das war die Ukraine als Tourismusland 2007. 2022 wurde das Land Kriegsgebiet.

---

14 Prozent. Stärkste Fraktion wird die Partei der Regionen von Ministerpräsident Janukowitsch mit 34 Prozent. Präsident Juschtschenko sprach sich dafür aus, dass alle drei großen Parteien künftig zusammenarbeiten. Dies sei entscheidend für eine dauerhafte und stabile Regierung, sagte Juschtschenko."

Der Angriff[116]

Als sich die „Ampel"-Parteien Grüne und FDP in Berlin zusammentaten, weil sie viele Jungwähler hatten, als die SPD einen jugendlich wirkenden Parteivorsitzenden und einen jugendlichen Generalsekretär inthronisierten, sah sich die neue Koalition als politische Repräsentantin der jungen Generationen. Da brach der russische Präsident in Europa den Krieg vom Zaun, und das wurde auch in Deutschland sofort politisches Topthema. Noch niemals hatten gerade diese jungen Menschen einen Krieg oder seine Auswirkungen erlebt; sie waren Frieden gewohnt.

Die Älteren dagegen hatten plötzlich Kriegsbilder von 1945 vor Augen und erschraken. Nichts hatte sich verändert. Für diese Generation war es nach dem Weltkrieg immer nur bergauf gegangen und am Ende ihrer Leben musste sie feststellen: Die Menschen begehen weiterhin Brutalitäten und Grausamkeiten, wenn Krieg ist.

Der Klimawandel auf der Erde war nicht mehr das Topthema. Deutschland musste jetzt erneut über die Energieträger Kohle und Atom nachdenken, sogar Waffen exportieren, die Bundeswehr stärken und einen Krieg im eigenen Land verhindern.

Nicht mehr die eigene politische Programmatik, nicht allein der innere gesellschaftliche Diskurs bestimmten länger die Paradigmen der Zeit, sondern die profane Wirklichkeit der globalen Machtverhältnisse.

Der Krieg war wieder da. Die jungen Anhänger der „Ampel" kannten ihn nicht. Das Volk, die Regierung Deutschlands insgesamt hatten ihn eben nicht gekannt, ihn vergessen oder verdrängt. Seit 1945 hatte es nur Frieden und immer mehr Wohlstand gegeben. Nun war die Angst da: Angst vor Waffen, vor Hunger, Vertreibung, Ruinen, Energiemangel, auch vor Verstümmelungen und Tod. Plötzlich war daraufhin die Mehrheit des deutschen Volkes bereit, Waffen ins Kriegsgebiet

---

116 *Der Spiegel*, Nr. 10 vom 5.3.2022, Kampf um Kiew. Wo Europas Freiheit verteidigt wird.

zu liefern. Friedenstauben von gestern wurden über Nacht Panzerlieferanten.

Begleitet wurde dieser Wertewandel von einem heftigen „Deutschland-Bashing" aus der Ukraine. Mit Unterstützung von den baltischen Staaten und Polen wurden von Deutschland besonders Geld und Waffen gefordert. Deutschland sei das stärkste Land in der EU und zugleich das zögerlichste, hieß es auch in Brüssel und Washington. Der Botschafter der Ukraine in der deutschen Hauptstadt trumpfte immer wieder laut und undiplomatisch mit seinen Anforderungen auf. Er nahm sich dabei Rechte heraus wie ein einheimischer Parteifunktionär. Einmal nannte der ukrainische Botschafter den deutschen Bundeskanzler in Berlin „beleidigte Leberwurst". Im Lande selbst verstärkte der Oppositionsführer von der CDU/CSU jedoch die Forderungen aus Kiew und gab obendrein der SPD die Schuld an angeblicher Zögerlichkeit. Höhepunkt der Kampagne der Ukraine gegen Deutschland war die Ausladung des Bundespräsidenten, der auf Anregung osteuropäischer Kollegen nach Kiew reisen wollte, von dort aber ausgeladen wurde.

„Wir brauchen Waffen, kämpfen können wir selbst", verlautbarten offizielle Ukrainer.

Die Ukraine selbst war die Hölle. Alte Menschen, Kinder und andere Zivilisten starben, wurden grausam behandelt und verletzt. Häuser und Fabriken wurden zerstört. Auf den Straßen herrschten Chaos und Inferno. Der ukrainische Staatspräsident, der frühere „Schauspieler", trat als Oberbefehlshaber des ukrainischen Militärs in Olivgrün auf.

Viele sagten, die Ukraine könne diesen Krieg gewinnen, andere waren darin zurückhaltend. Aus dem Angriff gegen die Ukraine wurde im Bewusstsein vieler Menschen eine Auseinandersetzung Russlands mit dem Westen. Und die Furcht vor einem Dritten Weltkrieg oder vor Atomschlägen wuchs.

Sanktionen

Die Bundesrepublik Deutschland stand plötzlich zwischen Baum und Borke. Die Russische Föderation – der Nachfolgestaat der untergegangenen UdSSR – hatte die ehemalige Sowjetrepublik Ukraine – nunmehr ein souveräner Staat – militärisch angegriffen, wollte das Land erobern und ihm ihren Willen aufzwingen. Im ersten Anlauf gelang das nicht.

Deutschland war dabei gar nicht angegriffen worden. Es war ja als Erbe der einstigen „Bonner Republik" im Unterschied zur Ukraine Mitglied der NATO, dem militärischen Verteidigungspakt des Westens. Einem Aggressor konnte Deutschland mithin militärisch nur in den Arm fallen, wäre ein anderer NATO-Staat angegriffen worden. Neumitglieder der NATO und weitere Verbündete Deutschlands aber drängten die Ukraine zur militärischen Abwehr.

In Berlin war eine im Prinzip pazifistische Regierung gerade ins Amt gekommen. Eigentlich hätte diese sich besonders an das traditionelle Waffenembargo ihres Landes halten müssen. Vor allem aber wollte sie doch das Klima der Erde vor Überhitzung der Atmosphäre schützen und nach der bereits abgeschriebenen Kohle und der verpönten Atomkraft auch auf Erdgas und Erdöl verzichten. Dabei war klar, dass die enorme Abhängigkeit Deutschlands von Energielieferungen aus Russland beendet werden müsse.

Im Februar 2022 machte die neue Bundesregierung jedoch eine dramatische Kehrtwende. Der Bundeskanzler erklärte vor dem Bundestag, mit Hilfe der Niederlande werde man Waffen an die Ukraine liefern. Und man beschloss, Russland mit wirtschaftlichen Sanktionen zu belegen, wie es die USA und viele andere Verbündete gefordert hatten. Privatvermögen führender russischer Funktionäre wurden eingefroren. Bankverbindungen nach Russland wurden gekappt, Energielieferungen in den Westen sollten von Deutschland aus reduziert werden. Das umstrittene Projekt „Nordstream 2" wurde gestoppt. Außerdem sollten tausende von Flüchtlingen aus der Ukraine, die meistens nach Berlin kamen, aufgenommen werden.

Und je länger der Krieg währte, desto weiter drehte sich die Sanktionsschraube. Auf einmal ging es um schwere Angriffswaffen und Milliardenbeträge, die von Deutschland verlangt wurden.

Bis auf die AfD und die Linken hatten alle Fraktionen im Bundestag dem „Kurswechsel" der „Ampel" zugestimmt.[117] Friedrich Merz von der CDU/CSU sprang der Regierung bei und versuchte dabei, sie noch zu übertreffen. Die deutsche Bevölkerung befürwortete die neue Linie überwiegend, jedoch nicht einhellig. Doch aus der Ukraine selbst kamen weitere Anforderungen an Deutschland, denen sich das Land nur schwer entziehen konnte. Der Oppositionsführer Merz drängte die Regierung, sich noch stärker für die Ukraine zu engagieren.

Aus dem Personenwechsel, aus dem Richtungswechsel der Regierung schien tatsächlich ein Zeitenwechsel der gesamten Bundesrepublik Deutschland geworden zu sein. Der Druck auf die deutsche Regierung, die Sanktionsschraube weiter anzuziehen, wurde stärker, so dass sich sogar der Bundeskanzler dem Vorwurf ausgesetzt sah, zu zögerlich mit Waffenlieferungen an die Ukraine zu sein.[118]

Schweden und Finnland – bislang neutrale Nationen – erwogen zu dieser Zeit, ihre Aufnahmen in die NATO zu beantragen. Die USA unterstützten die Ukraine immer massiver, und andere Länder folgten ihnen. In Frankreich legte die rechte und deutschenfeindliche Madame Marine Le Pen bei der Präsidentenwahl im April 2022 zu. Doch Emmanuel Macron – der „Europäer" – gewann die Wahl. Deutschland fürchtete zunehmend, der Krieg könne die Mitte Europas erreichen.

---

117 Deutscher Bundestag, 20. Wahlperiode, Drucksache 20/846: *Entschließungsantrag der Fraktionen SPD, CDU/CSU, BÜNDNIS 90/DIE GRÜNEN und FDP zu der Abgabe einer Regierungserklärung durch den Bundeskanzler zur aktuellen Lage*, Berlin, den 27. Februar 2022, gez. Dr. Rolf Mützenich und Fraktion/Friedrich Merz, Alexander Dobrindt und Fraktion/Katharina Dröge, Britta Haßelmann und Fraktion/Christian Dürr und Fraktion.
118 *Der Spiegel*, Nr. 16 vom 16.4.2022, S. 26ff.: Warten auf Olaf.

Auch eine Eskalation bis hin zum Einsatz von Atomwaffen schien nicht mehr ausgeschlossen zu sein. Am 9. Mai 2022 besuchte der wiedergewählte Staatspräsident Frankreichs Berlin und forderte gemeinsam mit Bundeskanzler Scholz einen Waffenstillstand – so rasch wie möglich.

Flüchtlinge

Eine Folge des Krieges war, dass sich ein Flüchtlingsstrom aus der Ukraine Richtung Westen einstellte. Vor allem junge Frauen und Kinder flohen vor den Grauen des Krieges in den Westen: in die kleine Republik Moldau und nach Polen. Dieses Land hatte sich zuvor nicht als besonders aufnahmewillig für Flüchtende aus dem arabischen Raum gezeigt; nun aber nahm es Millionen Menschen aus der Ukraine auf. Hier fanden viele Ukrainer am ehesten Verwandte oder Freunde. Weiter im Westen, in Mitteleuropa, war vor allem Berlin der erste Zufluchtsort, so dass die Stadt sich bald überfordert fühlte.[119]

Schon Mitte März 2022 hatten etwa zweieinhalb Millionen Ukrainer ihr Land verlassen müssen. Die in die EU kamen, sollten unter den Mitgliedstaaten aufgeteilt werden; diejenigen, die nach Berlin oder Frankfurt/O. gekommen waren, sollten in die gesamte Bundesrepublik geleitet werden. Die Behörden in Deutschland – von Bund, Ländern und Kommunen – waren überrascht und oft überfordert. Die neue Bundesinnenministerin Nancy Faeser hatte plötzlich Aufgaben zu bewältigen, von denen sie beim Amtsantritt nichts gewusst haben konnte. Sie organisierte die Weiterreise der Fliehenden aus dem Osten ihres Landes in den Westen. Busse und Bahnen wurden in Fahrt gesetzt; es war eine gewaltige unvorhergesehene logistische Aufgabe.[120]

---

119 *Der Tagesspiegel*, 78. Jahrgang, Nr. 24844 vom 14.3.2022, S. 1: Der Krieg rückt näher.
120 *Der Tagesspiegel*, 78. Jahrgang, Nr. 24831 vom 12.3.2022, S. 1: Maria Fiedler, Flucht aus der Ukraine – Eine historische Aufgabe.

Niemand wusste zu keiner Zeit, wie es weitergehen würde. Experten rechneten mit bis zu 10 Millionen Flüchtlingen! Mitte April 2022 sollen schon 4,7 Millionen Flüchtlinge ins Ausland – darunter offiziellen Zählungen zufolge 331.000 Menschen nach Deutschland – gekommen sein.[121]

Allein dieser fliehenden Menschen wegen wurde der Krieg in der Ukraine zur größten Herausforderung für die EU. Eines stand fest: Die Massenflucht aus dem Osten wird Europa und seine Länder langfristig verändern, auch wenn der Krieg in der Ukraine vorüber sein wird.

Aber was wird sich ändern? Bei den Flüchtlingen aus der Ukraine nach Europa stiegen die Zahlen jeden Tag. Es flohen vor allem Frauen, Kinder und Alte. Männer im wehrhaften Alter sollten in der Ukraine bleiben, um zu kämpfen. Auch deswegen suchten viele Flüchtlinge Schutz in Polen, denn dort hatten sie nicht nur Verwandte und Freunde, auch der Weg zurück war weniger weit als von westlicher gelegenen Ländern Europas. Schon im April 2022 gab es Rückwanderer.

Wie würde sich das weiterentwickeln? Niemand wusste es, solange der Krieg andauerte. Würden sich die geflohenen Ukrainer anders verhalten als die Menschen, die 2015 aus dem arabischen Raum nach Deutschland gekommen waren?

Die Hilfsbereitschaft war 2022 groß wie nie.[122] Mit dem Kriegsverlauf wandelte sich die Mobilität zwischen der Ukraine und den westlicher gelegenen Ländern permanent.

Vermittlungsversuche

Es gab unterschiedliche Vermittlungsversuche. Teilweise waren sie bekannt, teilweise nicht vollständig belegt, teilweise wurde ihre Existenz nur angedeutet, und sicher gab es auch Gespräche, über welche die Öffentlichkeit gar nichts erfuhr. Neben Russland und der Ukraine gab es

---

121 *Der Spiegel*, Nr. 16 vom 16.2.2022, S. 9ff.: „Pandemie der Güte".
122 Ebenda.

mehrere internationale Akteure des Ukraine-Krieges: Belarus, China, angeblich orientalische Straßenkämpfertrupps, die Europäische Union mit ihren Mitgliedsstaaten, die USA, die NATO, die UNO, Großbritannien, die Türkei, Finnland, Schweden und Israel. Womöglich gab es weitere Akteure.

Vermittlungsversuche wurden an unterschiedlichen Orten unternommen: In den Kriegsgebieten selbst, an dessen Grenzen in Ost und West, in Kiew oder Moskau, in der Türkei, im Internet oder an geheimen Orten.

„Fliegender Holländer" unter den Vermittlungsversuchern war der frühere deutsche Bundeskanzler Gerhard Schröder. Seit seinem Engagement für das am Ende vom Westen boykottierte Erdgasprojekt Nord Stream 2 galt er in Deutschland als „Lobbyist Russlands" und isolierte sich umso mehr, je länger der Krieg dauerte. Das Verhältnis zur SPD verschlechterte sich offensichtlich zusehends. Mitte März 2022 und später wieder startete Schröder – dem ein Freundschaftsverhältnis zu Putin nachgesagt wurde – Initiativen, von denen alle Regierungen und seine eigene Partei behaupteten, sie wüssten davon nichts. Das Ziel war wahrscheinlich ein Stopp der Kampfhandlungen. Ein Erfolg war nicht zu erkennen.

Zuvor hatte es Bemühungen um einen Waffenstillstand und um Abzugskorridore gegeben. Die Ukraine und Russland verhandelten auf verschiedenen Ebenen. Ergebnisse wurden nicht gemeldet. In der Türkei trafen sich sogar die Außenminister Russlands und der Ukraine.

Immer wieder telefonierten europäische Regierungs- oder Staatschefs mit Putin. Der israelische Ministerpräsident pendelte zwischen Moskau und Berlin. In New York trafen sich der Sicherheitsrat und die Vollversammlung der Vereinten Nationen.

Auch der ukrainische Präsident erklärte, er sei zu Vermittlungen bereit und wolle sich mit dem russischen Präsidenten in Jerusalem treffen. Mehr war darüber nicht zu erfahren.

Alle wollten es: Dieser Krieg sollte eingehegt werden! Eine Ausweitung zu einem Dritten Weltkrieg sollte vermieden werden. Russland verfügte über Atomwaffen und die NATO ebenso. Die Ukraine wollte anfänglich NATO-Mitglied werden, wie es ehemalige Satellitenstaaten der einstigen UdSSR (Polen, die Baltischen Staaten und andere) geschafft hatten. Im Unterschied dazu aber war die Ukraine eine ehemalige Sowjetrepublik. Der NATO-Wunsch der Ukraine war ein Kriegsgrund Russlands gewesen, und aus diesem Grunde hatte die NATO die Ukraine aus Furcht vor Russland nicht aufgenommen. Doch der ukrainische Präsident gab sich lange an den NATO-Wunsch seines Landes gebunden. Wie sollte er diesen Wunsch aufgeben können, ohne seine innere Legitimation zu verlieren, hieß es. Wie sollte umgekehrt der russische Präsident einlenken können, ohne seine Kriegsziele (Eroberung der Ukraine, Absetzen der politischen Führung dort, Annexionen von Teilgebieten der Ukraine durch Russland) canceln zu müssen?

Bei allen Vermittlungsbemühungen war die Rede vom „Gesichtswahren". Wie das operationalisiert werden könnte, blieb unklar.

Der Krieg tobte weiter. Eine erste Angriffswelle auf die Ukraine schien gescheitert zu sein. Ab Mitte April 2022 war die Rede von einer zweiten Angriffswelle auf den Osten der Ukraine, die von Russland aus auch erfolgte. Von einer NATO-Mitgliedschaft Kiews war nicht mehr die Rede; dafür kamen verstärkt Forderungen an die Mitgliedsstaaten des Bündnisses auf, „schwere Waffen" zur Verteidigung der Ukraine zu liefern. Dabei war zweierlei bemerkenswert:

1. Nach Abwehr des ersten Angriffs aus Moskau galt es nicht mehr ausgeschlossen, dass der Krieg von Russland nicht gewonnen würde.
2. In Deutschland wurde plötzlich ein langjähriges „Waffenembargo" für das Ausland aufgegeben, und sogar Bundeskanzler Scholz hielt den Weg für gangbar, dass die deutsche

Rüstungsindustrie Waffen in die Ukraine liefere und die Bundesregierung das bezahle.[123]

Innerhalb der Bundesregierung herrschten offensichtlich Meinungsverschiedenheiten über eine angemessene Ukraine-Politik. Die SPD schien angesichts früherer „Russlandfreundlichkeit" mancher ihrer Repräsentanten unschlüssig zu sein, die FDP war unklar und widersprüchlich, und nur die Grünen schienen den in der Öffentlichkeit geforderten harten Weg gegen Russland gehen zu wollen. Der Bundeskanzler war beim Thema Waffenlieferungen an die Ukraine durch die Bundesrepublik selbst eher zurückhaltend.

Viel Aufmerksamkeit hatte es gegeben, als drei Bundestagsabgeordnete einen kurzen Trip in die Ukraine unternahmen: Marie-Agnes Strack-Zimmermann von der FDP, Anton Hofreiter von den Grünen und Michael Roth von der SPD. Alle waren Ausschussvorsitzende und deutliche Befürworter der Lieferung schwerer Waffen.

Als der zweite Angriff auf die Ukraine erfolgte, war von Vermittlungen kaum noch die Rede. Die öffentliche Debatte in den westeuropäischen Ländern drehte sich nunmehr um das Thema „Schwere Waffen für die Ukraine: Ja oder Nein?" Besonders heftig wurde diese Debatte in Deutschland geführt, und die Ukraine setzte Berlin permanent unter moralischen Druck, liefern zu „müssen".

Dann erklärte der Bundeskanzler, nach den Verbrechen der Nationalsozialisten dort sei Deutschland zur Hilfe für die Ukraine moralisch verpflichtet. Aus der „Zeitenwende" war ein *„Epochewandel"* geworden.

---

[123] *Der Tagesspiegel*, Nr. 24868 vom 20. April 2022, S. 1: Scholz: Deutsche Rüstungsindustrie wird liefern.

ows
IX.
Ein Epochewandel?

IX

Thèmes et exemples

„Aufgeschoben ist nicht aufgehoben!", dachten wohl alle in der Bundesregierung, als der Krieg ausbrach:

- Zwar wollte Deutschland auch unter der „Ampel" mit dem überfallenen osteuropäischen Land solidarisch sein.
- Zwar wollte es geachteter Bündnispartner im Westen sein, besonders den USA, Kanada und der EU folgen.
- Zwar türmten sich neue Aufgaben zu den bekannten hinzu:
    - Es bahnte sich eine *Inflation* an, folglich sollte das *Transfersystem* im Lande neu justiert werden.
    - Es drohte allenthalben Energiemangel in Deutschland, und die Folgen davon könnten *Insolvenzen* und steigende *Arbeitslosigkeit* sein.
    - Eingefahrene *Handels- und Lieferketten* nach und von Fernost wurden plötzlich durch neuerliche Corona-Ausbrüche in China gefährdet.
    - Furcht der Deutschen vor einer Ausweitung des Krieges, vor einem *Welt- und Atomkrieg* galt es zu verhindern.
    - *Außenpolitischem Druck* aus der Ukraine, aus den Baltischen Staaten, aus Polen, aber auch aus Russland musste begegnet werden.

Aber ihre ursprünglichen Ziele aufgeben wollte die neue Bundesregierung deswegen nicht:

„Aufgeschoben ist nicht aufgehoben!"

2022 herrschte Krieg im Osten Europas. Für den Winter 2022/2023 war die Energieversorgung in Deutschland nicht sicher. Die Menschen beunruhigte das sehr; sie waren emotional ergriffen. Der Vizekanzler, Energie- und Wirtschaftsminister Robert Habeck, reiste nach Washington, um vorzusorgen. Die Außenministerin Annalena Baerbock sprach vor der Vollversammlung der Vereinten Nationen und bereiste die halbe Welt.

Der deutsche Bundespräsident wurde von der Ukraine ausgeladen, 40 deutsche Diplomaten wurden aus Moskau ausgewiesen, aber die Ziele der „Ampel" blieben offiziell nur aufgeschoben und waren keinesfalls aufgehoben.

- Die Rettung des *Klimas* sollte weiterhin erreicht werden. Energiequellen wie Wind, Sonne oder Grüner Wasserstoff sollten die alten ersetzen. Der Zeitrahmen dieses „Ampel"-Projektes würde allerdings wohl ein anderer sein müssen als bislang geplant.
- Punktuell wähnten die Neuen gar, dass der Ukraine-Krieg einiges beschleunigen könnte. So erhofften sie eine ansteigende Akzeptanz bei der Bevölkerung für Windenergie und damit für Windmühlen.
- Zwar ließ sich in der Ukraine nach Kriegsausbruch mit „*" und „I" wenig anfangen, aber dass viele der Flüchtlinge von dort junge Frauen mit kleinen Kindern waren, dass etliche dieser Frauen tapfere Interviews gaben, bestätigte der „Ampel" sicherlich, mit dem *Feminismus* als Ziel grundsätzlich richtig zu liegen.
- Kriegsverbrechen in der Ukraine bestätigten darüber hinaus eindeutig, wie wenig die *Menschenrechte* auf der Welt geachtet waren.
- Dass man in Deutschland beim *Rassismus*komplex weiter war als beim Feminismus, zeigte sich daran, dass sowohl gegenüber Russland als auch gegenüber der Ukraine abfällige Kommentare beispielsweise über die slawische Herkunft der Kämpfer unterblieben – was bei den Nazis sicher anders gewesen wäre.
- Dass in der Ukraine meist Männer in Uniformen und mit Waffen kämpften, Frauen dagegen oft flohen, brachte das

Thema *Geschlechtervielfalt* allerdings zunächst nicht sonderlich voran.

- Die Legalisierung des Rauschgifthandels stand weder mit dem Krieg noch mit einer der beiden Kriegsparteien in irgendeinem Zusammenhang, sodass das Thema *Rauschgift* vernachlässigt wurde. Die Freude der Händler aber blieb. Die FDP ertrug es und sagte sich: „Aufgeschoben ist nicht aufgehoben!"

Weiteres Unvorhersehbare stellte sich ein:

- Man hätte erwarten können, dass die Grünen damit hadern, dass sie in der Regierung und zugleich im Krieg waren und als Pazifisten damit nicht klarkämen. Aber aus ihren Reihen waren laute Rufe nach „schweren Waffen" zu hören. Offenbar hatten in der ehemaligen „Anti-Parteien-Partei" viele ein eindeutiges Freund-Feind-Denken, in dem jetzt eben Russland Feind und die Ukraine Freund war. Der ehemalige Fraktionsvorsitzende der Grünen und nunmehrige Vorsitzende des Ausschusses für Angelegenheiten der EU, *Anton Hofreiter*, tat sich als Befürworter des Exportes von Kriegswaffen besonders hervor. Aus einem Saulus war ein Paulus geworden.
- Aus der FDP stach plötzlich die neue Vorsitzende des „Verteidigungs"-ausschusses des Bundestages, Frau *Marie-Agnes Strack-Zimmermann*, hervor. Sie kritisierte ihren Bundeskanzler scharf und forderte rigoros die Lieferung „schwerer Waffen" an die Ukraine. Auf einem FDP-Bundesparteitag setzte sie einen entsprechenden Antrag durch.
- Für die SPD tat sich obendrein ein gänzlich neues Thema auf. Wie sollte sie mit ihrem „Altkanzler" *Gerhard Schröder* umgehen? Schröder hatte sich nach seinem Ausscheiden aus dem Kanzleramt beim russischen Gaslieferanten „Gazprom" wirtschaftlich verdingt und war schon vor dem Krieg in manchen SPD-Kreisen kritisiert worden. Seit Ausbruch des

Waffenganges in der Ukraine hüllte er sich in Schweigen und gab seinen Posten erst spät auf. Nicht nur aus der SPD wurden gegen ihn weitgehende Sanktionen gefordert. Ihm solle sein Büro als „Altkanzler" entzogen werden, und er sollte als deutscher „Oligarch" sanktioniert werden. Schröder startete – wie berichtet – geheime und offensichtlich erfolglose Vermittlungsversuche in Moskau und erklärte, er werde erst aufgeben, wenn Russland seine Gaslieferungen nach Deutschland nicht beenden würde. Die SPD-Ko-Vorsitzende Saskia Esken forderte Schröder auf, die SPD zu verlassen.

Die „Ampel" war 2021 angetreten, um die alte Bundesrepublik „vom Kopf auf die Füße zu stellen". Vornehmer ausgedrückt: Es sollte eine Zeitenwende geben. Alte Werte, welche die Gesellschaft bislang zusammenhielten, sollten durch neue ersetzt werden:

- Statt immer nur an den Profit sollte auch an den bedenklichen CO_2-Ausstoß und die drohende Klimaerwärmung gedacht werden.
- Statt des seit Adenauers Zeiten vorherrschenden Patriarchats sollte auch der Feminismus gerechtfertigt sein.
- Statt nur „Realpolitik" zu betreiben, sollte sich die deutsche Politik auch international an der Verwirklichung von Menschenrechten orientieren. Selbst im Innern der Bundesrepublik sollte hier einiges getan werden.
- Statt Menschen nach ihrer Herkunft oder Hautfarbe zu beurteilen, sollten die persönlichen Eigenschaften jedes Einzelnen im Mittelpunkt der Beurteilung stehen. Menschen seien alle gleich und nicht nach irgendwelchen „Rassen" oder „Nationen" zu bewerten.
- Statt Menschen in Schubfächer zu stecken und sie nur als Frau oder Mann zu sehen, sollte die Geschlechtervielfalt beachtet,

und auch die unterschiedlichen sexuellen Orientierungen sollten berücksichtigt werden.
- Statt den Menschen vorzuschreiben, was sie zu sich nehmen dürfen, sollte man das der freien Entscheidung der Einzelnen überlassen und dafür den Drogenhandel freigeben. Wo Drogen heilen oder lindern können, sollte man sie einsetzen.

Alles zusammen sollte eine Zeitenwende in Deutschland bewirken und das Land innerhalb vorgegebener Fristen zum Vorbild für die ganze Welt machen.

Das wurde relativiert, als im Februar 2022 der Krieg in der Ukraine begann. Bundeskanzler Scholz rief eine *Zeitenwende* aus. Sie hatte Vorrang vor dem Paradigmenwechsel:

- Statt einer Politik des weitgehenden Waffenembargos sollte die Bundesrepublik sich auch in internationales Militärgeschehen aktiver einmischen.
- Das Versprechen der deutschen Bundesregierung, mindestens zwei Prozent des Sozialproduktes in die Rüstung zu investieren, sollte endlich eingelöst werden.
- Statt bei Energieimporten weiterhin abhängig von Russland zu sein, sollte Deutschland seine entsprechenden Importe kurzfristig diversifizieren und langfristig erneuerbare Energien einsetzen.
- Statt die Bundeswehr weiterhin schleifen zu lassen, sollte sie aus einem „Sondervermögen" von 100 Milliarden Euro über die Jahre hinweg aufgerüstet werden.

Die Parole hieß:

„Eine Zeitenwende steht bevor!"

Aber aus der Zeitenwende wurde allmählich sehr viel mehr: ein

Epochewandel.

Nachwort: Nun auch noch Inflation

Nach einem halben Jahr im Amt türmen sich für die „Ampel"-Koalition immer mehr Probleme auf.

Die Ukraine leistet länger als erwartet Widerstand gegen die militärische Aggression Russlands. Sie nimmt den Kampf an. Dabei setzt sie Deutschland unter Druck, mehr zu helfen, als das Land tatsächlich tut oder zu tun scheint. Aus Kiew nach Berlin gehen Forderungen nach wirksamerer militärischer Soft- und Hardware. Die baltischen Staaten, Polen und andere verstärken diesen Druck. Und immer mehr deutsche Politiker machen sich diesen Druck zu eigen. SPD-, Grünen- und auch FDP-Politiker fordern „schwere Waffen" für die Ukraine. Viele, die gestern noch Pazifisten waren, haben sich zu Militaristen verwandelt. Fast alle Journalisten stimmen ein: Wo ist eigentlich deren Legitimation zur Meinungsbildung?

Besonders trifft der Unmut Bundeskanzler Olaf Scholz. Er sei zögerlich, informiere ungenau, spreche sogar – zusammen mit dem französischen Staatspräsidenten – mit Wladimir Putin, lautet ein durchgehender Tadel der Öffentlichkeit. Aus dem Kanzleramt ist keine klare Reaktion darauf zu erfahren.

Der Vizekanzler Robert Habeck von den Grünen ist in der Öffentlichkeit anfangs beliebt. Er bemüht sich offensichtlich, die Energieabhängigkeit Deutschlands von Russland zu reduzieren. Dazu konferiert er in EU-Runden, sucht Anschluss selbst bei den Saudis, pfeift auf manche früheren grünen Tabus wie zum Beispiel den einst beschlossenen Kohleausstieg. Durch seine Mimik lässt er das Publikum am Fernseher darüber hinaus miterleben, wie er sich quält und wie sehr ihn alles nervt.

Die grüne Außenministerin Annalena Baerbock macht derweil ebenfalls „Bella Figura". Sie steht fest an der Seite der Ukraine und lässt es sich anfangs nicht gefallen, wenn ihr vorgeworfen wird, ihr ginge es mehr um Waffen als um Diplomatie. Sie ist beliebt.

Von FDP-Chef Christian Lindner lässt sich das nicht behaupten. In der Corona-Frage gilt seine Partei ohnehin als zu individualistisch eingestellt, denn nach Meinung vieler müsse der Staat bei der Bekämpfung der Pandemie eine beherrschende Rolle einnehmen. Auch Energieeinsparen beispielsweise durch ein Tempolimit auf den Autobahnen hält er für nicht machbar: Die FDP zeigt sich als nicht kongenial zu den anderen Bündnispartnern.

Da kommt zu den anderen Krisen auch die Inflation auf die „Ampel" zu. Ein deutscher Albtraum scheint wahr zu werden. Die internationale Finanzkrise, Corona, die „Europäischer Zentralbank" („EZB") und der Krieg haben bewirkt, dass die Geldmenge hemmungslos ausgeweitet wurde und schließlich Inflation droht. In Erinnerung an die Weimarer Republik, als Geld immer weniger wert war und massenhaft nachgedruckt wurde, befürchten die meisten Deutschen das Allerschlimmste.

An den Zapfsäulen klettern die Preise, in den Supermärkten werden Lebensmittel knapp und permanent teurer. Galt lange Zeit der Spruch „Die Wirtschaft wird in der Wirtschaft gemacht", so ist wieder der Staat – und konkret die Regierung – gefordert.

Bundesfinanzminister Lindner hatte eine Idee: Er wollte die Spritpreise vorübergehend subventionieren. Doch dieser Vorschlag wurde ihm zerredet. Dann führte der Bundesverkehrsminister von der FDP ein „Neun-Euro-Ticket" für den Nahverkehr bei der Bahn ein – auch auf Zeit.

Die FDP fängt sich daraufhin den Vorwurf ein, kein Tempolimit auf der Autobahn, die Sprit-Subventionierung und das Neun-Euro-Ticket würden ohnehin vor allem den „Reichen" helfen und den „Armen" nichts nützen. Liberal sei eben asozial. Hinzu käme, dass die Mineralölkonzerne nach Meinung der Grünen und SPD

„Kriegsgewinner" wären. Rot/Grün fordert eine „Übergewinnsteuer", die prompt von der FDP abgelehnt wird.

Liberale Parteianhänger entwickeln sich nach einem halben Jahr dem Anschein nach als Fremdkörper innerhalb der „Ampel-Koalition". So sehr sich die FDP-Abgeordnete Marie-Agnes Strack-Zimmermann um „schwere Waffen" für die Ukraine bemüht: Es scheint sich zu offenbaren, dass die FDP nicht richtig dazugehört.

Die Protagonisten der „Ampel" geraten aneinander: Während der anfänglich beliebte Habeck für „Übergewinnsteuern" eintritt und Aktivitäten des Bundeskartellamts gegen „die Mineralölkonzerne" fordert, beharrt der zunächst unbeliebte Lindner auf der Feststellung, in Deutschland gäbe es nur Steuern – also vor dem Gesetz weder Gewinn noch „Über"-gewinn. Außerdem sei auch das Kartellamt wie alle anderen deutschen Behörden an Recht und Gesetz gebunden.

Und dann streitet die Koalition noch mit sich selbst darüber, ob einige Atomkraftwerke in Deutschland länger als geplant arbeiten sollen.

Beobachter fragen:
„Wackelt die Koalition schon nach kurzer Amtsdauer?"

Edition Noëma
Melchiorstr. 15
D-70439 Stuttgart

info@edition-noema.de
www.edition-noema.de
www.autorenbetreuung.de